어떤 계모님의 메르헨

某個繼母的童話

Author.
Spice&Kitty
Illust.
茶渋たむ

II

The Fantasie of a Stepmother

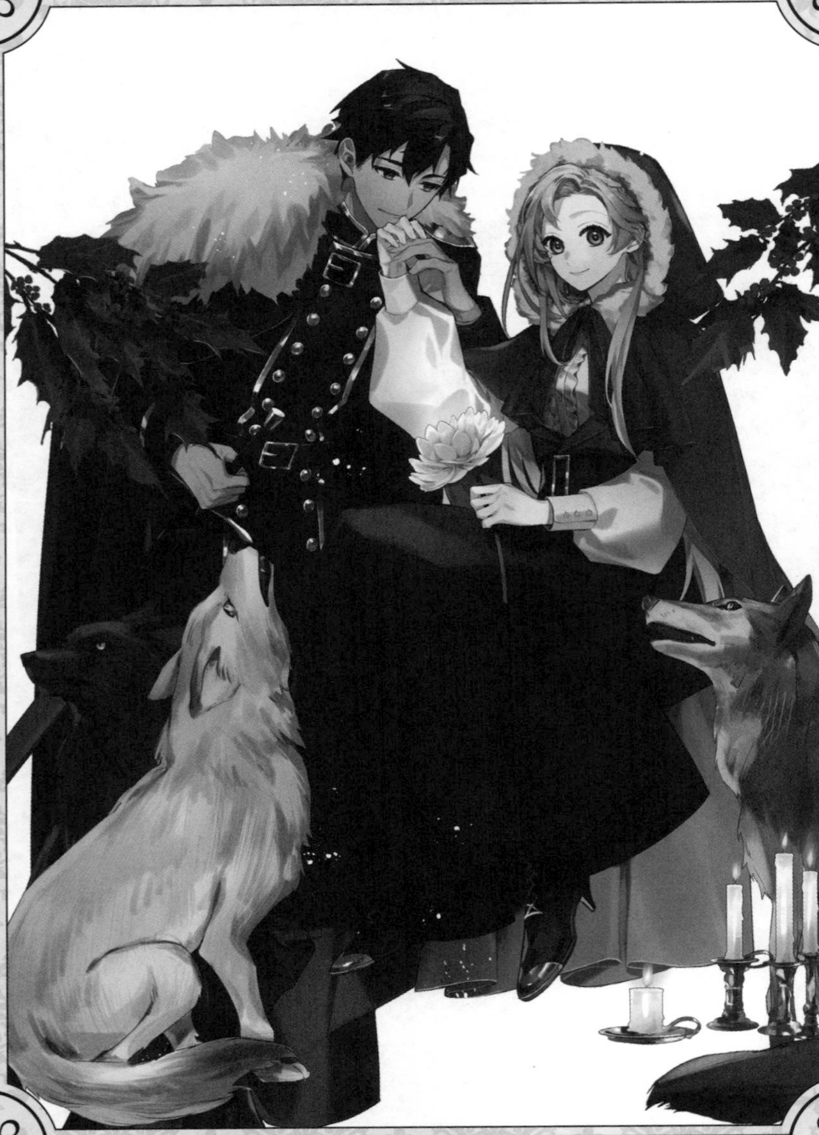

The Fantasie of a Stepmother

II

CONTENTS

The Fantasie of a Stepmother

Chapter 5 第一次的家族旅行

「所以到底是……」

短暫又多災多難的一年來到尾聲，年底最後一天的早晨，我都還沒吃早餐，我們家的管家先生與女僕長便站在我面前，以令人倍感壓力，不，應該說是以令人感到有些危險的眼神望著我。說得更明確一些，他們兩人一大早便合力將一疊又一疊的紙張搬到我面前，迫使我無法逃避。

「……你們說這些都是什麼？」

我半張著嘴，露出一臉愕然的呆樣，喃喃自語般問道。只見忠心的葛溫與羅伯特爭先恐後地大喊。

「是旅遊景點，夫人！趁著這次機會，希望您務必要釋放一下累積的壓力！」

「沒錯，夫人。我和這老女人……不對，是我與女僕長徹夜苦心思量，集思廣益才編出了這份清單！」

「請您快挑個滿意的地點吧！」

「……那個，你們兩位先冷靜一下，所以這些……到底是什麼？」

「是旅遊行程簡介！我們幾乎把所有最近熱門的知名景點都搜集進來了。」

「所以你們的意思是說，今天、現在，要我去旅行嗎？」

我努力想維持自己的表情，但見到他們兩人迫不及待地點頭，我實在忍不住感到荒謬。

「哪有什麼不行的？每到這個季節，其他家族都會做類似的事。夫人也該稍微放鬆一下，趁這個機會帶少爺小姐出遊，度過溫馨和樂的家庭時光才對。」

「葛溫，就算是再熱門的旅遊景點，萬一出了什麼差錯……」

「請別擔心，夫人！我們會好好保護您的！」

哇，嚇我一跳！一旁本該如石像般靜靜守在崗位上的騎士，這時竟突然以發自丹田的力量出聲，令我嚇到失了儀態。

但是，等等，這些傢伙……？

「我怎麼開始懷疑你們都是串通好的……」

「您誤會了，夫人。」

「應該不是誤會吧？」

「是誤會。」

看著這些一臉忠心耿耿，堅稱絕對沒有任何誤會的傭人，我只能無奈地將嘆息吞回肚裡。大家是不是一起吃錯了什麼，為何會突然提議去旅行？

「現在這種時候……！」

「正是年末度假季，夫人。」

「但還是……！」

「少爺與小姐肯定會很開心，絕對會，我以我的頭髮保證。」

「……羅伯特，你的頭髮也沒剩幾根了。」

「唔！夫人，您竟然說出這麼無情的話……！」

羅伯特出身自代代輔佐諾伊凡斯坦家的附庸家族，如此忠心耿耿的資深管家，一早就這樣老淚縱橫地勸我出門旅遊，我也實在不好繼續反對，只能拿起那該死的旅遊景點清單，哀怨地朝餐廳走去。總覺得他們是故意的……

「早啊，親愛的媽媽！那是什麼？」

砰咚！

一早便食欲旺盛，努力切著火雞肉的艾利亞斯，這時突然從椅子上摔了下去。正要入座的我愣住了，而斤斤計較著誰要吃雞皮的雙胞胎，也跟著驚呼出聲。

至於當事人艾利亞斯，他身手矯健地爬了起來，目露凶光地瞪著他的哥哥。

「哥你幹嘛，一大早就發瘋喔？那個怪到不行，還一點品味都沒有的稱呼是怎麼回事？」

「你得重新回去學語文了，我愚昧的弟弟啊。兒子稱呼母親為媽媽，這有什麼問題嗎？」

當艾利亞斯一臉難以置信，驚訝得連下巴都快掉下來時，我靜靜坐到椅子上。一旁的瑞秋早已將注意力轉回火雞肉上，彷彿剛才不曾被艾利亞斯摔下椅子的動靜嚇到。只見她將所有火雞皮都盛到自己盤子裡，隨後冷不防開口說道：

「二哥這種臉真的好醜。」

瑞秋說完，艾利亞斯立刻闔上自己的嘴。只見他雙手抱胸，用十分懷疑的眼神盯著我。準確地說，他是來回看著將手上的清單放在盤子旁邊的我，以及一派輕鬆地微笑切著南瓜派的傑瑞米。接著他大喊：

「這種稱呼太奇怪了，你們兩個到底做了什麼交易？」

「快回位子上坐好，愚蠢的弟弟。大人在吃飯，你就應該乖乖坐著。」

「……」

艾利亞斯不情願地坐下，還忍不住嘟囔著「到底是拿了什麼好處」，似乎是認定傑瑞米這種肉麻的稱呼，肯定是在巴結我。我努力忽視他，緩緩開口說道：

「哎呀，我們家最可靠的老大。」

「怎麼了，母親？」

正將一大塊南瓜派塞進嘴裡，粗魯咀嚼著的傑瑞米，這時舔了舔嘴看向我。

我先是猶豫了片刻，才拿起手邊的紙在他眼前晃了晃。

「我在想要不要大家一起出去旅行，不知道我們家老大怎麼想呢？」

「旅行？怎麼突然要去旅行？要去哪，去那裡有什麼好看的？」

「候選地點很多……首先有知名的溫泉區，那裡還有能看知名劍鬥士表演的地方，如果是你應該會喜……」

「不，等等，這種重要的問題為何是你們兩個討論?!還有我啊！我！妳對孩子怎麼能這麼偏心？」

「二哥，爸爸說在餐桌上不可以大吼大叫……」

「你有什麼資格講我？死短腿！」

「艾利亞斯，怎麼能說弟弟是短腿呢？別吵了，你也來看看吧，看看想去哪。」

我的這番警告，讓萊昂得意洋洋地對艾利亞斯吐了吐舌頭。艾利亞斯十分不滿，一邊嘀咕一邊看著那份旅遊景點清單。不，應該說試圖去看那份清單。

「我看一下……哇，這都是誰寫的啊？」

「喂，讓我看一下啦！不要都是哥在看，你很貪心耶！」

「哎喲，怎麼有狗在叫啊？」

傑瑞米一手按著艾利亞斯紅色的腦袋，另一隻手將清單高舉過頭，仔細端詳了好一陣子，隨後便聽到他無奈地嘆了口氣。

「除了觀看劍鬥士表演之外，其他都沒有特別吸引我的地方。都是些貴婦或女孩子會喜歡的地方嘛。」

「啊哈，果然是這樣！那這個問題就討論到這……」

「不，我們還是去吧。」

「你不是說沒有特別吸引你的地方嗎？」

「那是兒子一時失言，還請您以寬大的胸懷原諒我的過失。啊，對了，這溫泉是什麼？得去看看才知道是什麼東西吧。」

「聽說溫泉是可以泡在熱水裡游泳的地方，媽媽買給我的百科全書裡有。」

我們的小學者萊昂給出了答案。這個定義沒錯，只是似乎又被他做了一些新的詮釋。總之，傑瑞米發出恍然大悟的聲音，並敷衍地點了點頭。

這時，艾利亞斯一臉自己遭到排擠的樣子，忍不住大聲發問：

「是要穿著衣服進去嗎？」

「不，聽說要脫光光才能進去。」

「咦？那到底是什麼?!男女有別，怎麼會有這麼驚悚的流行……」

「不同性別會分開來泡，上面都有寫。二哥真的好奇怪。」

「別管他，二哥本來就這樣。媽媽，那我可以帶我的皮鞋去嗎？」

「當然可以啊，也可以去那邊再買新……」

「喂，幹嘛都排擠我啦！你們現在這樣真的很奇怪耶！」

紅毛小獅子響亮的咆哮聲，令全場瞬間靜默。我與雙胞胎同時瞪大了眼看著他，而這聲咆哮的主人在我們的注目下，似乎感到有些難為情，只見他尷尬地眨了眨眼，隨後瞪著造成這詭異氣氛的元凶，也就是傑瑞米。

不過，這並非明智的選擇。大兒子靜靜放下手中的餐刀，拿起餐巾擦了擦嘴，語氣冷漠地開口。

「你現在是在對我大小聲嗎？」

「……不，我只是在向我們最讓人敬愛的監護人提問。」

「喔，我不跟你這小子計較，你現在是連用餐的禮儀都忘了嗎？你過來，機會難得，就和我一起舒展一下筋骨吧。」

「不、不、不要！別過來！不要靠近我！你這可怕的傢伙！」

傑瑞米抓住艾利亞斯，狠狠施展關節技。我假裝沒看見那兩人在做什麼，繼續陪雙胞胎吃完剩下的早餐，並督促他們喝完牛奶。

我們離開餐廳時，他們已經扭打過一輪並衝上樓，在長長的走廊上展開追逐戰。接著我聽見大力的甩門聲，隨後，終於進到安全區的二兒子得意洋洋地大喊。

「可惡，哥，你長大以後絕對結不了婚啦！有哪個女人會想跟你這種家暴男結婚……」

「你剛才是甩門嗎?!給我開門，快給我開門！」

「我才沒有！是門自己大力關上的！而且這裡是我房間好不好！」

砰砰砰砰！

古人是不是有云，要把孩子養得強悍一些？那天之後，我們不得不幫艾利亞斯換一扇新的房門。到底要怎麼做才能將堅固的門破壞成那樣？我實在是啞口無言。

於是，我們開始規劃為期三天的旅行，而我也把握時間整理堆積如山的文件，並一一確認從各地如雪片般飛來的賀年信。賀年信的數量比我記憶中要多上許多，這著實令我訝異，也讓我花了好些時間查看。

想必是上回的審判事件過後，貴族開始分裂成為貴族派與皇權派，也因此有不少人寄來賀年卡以示對我們的支持。教皇廳的牽制已經夠令皇室頭疼了，面對這樣的情況，我只能提前致上哀悼之意，對皇室，也對我自己。唉……

「這到底是……？」

我喃喃自語著。這是因為在眾多的賀年信之中，參雜了一封來自皇室的信函。準確地說，上頭的印鑑並非象徵皇帝的雄鷹，而是代表皇后的天鵝。不是別人，而是伊莉莎白皇后寄了賀年信來給我……？

我心裡有些許疑惑，也有些許反感，但還是趕緊打開那晶亮的雪白信封，仔細閱讀起來。沒想到信件內容實在令人咋舌。

我們找個機會一起喝杯茶。但別誤會，我還是討厭妳。

……是、是這樣啊，皇后陛下。即便我心知肚明她厭惡我，卻還是對她的態度感到驚訝。

我咂了咂舌，接著打開紐倫伯勒公爵家寄來的賀年信。信件由公爵夫人執筆，裝在黑色信封裡的湛藍信紙，令人感到無比清爽。

您勇氣十足的模樣令人印象深刻，讓我也想鼓起勇氣。祝您今年能有完美的結尾。

……雖不知道她說的是什麼勇氣，但只要能讓這位柔弱的夫人稍稍打起精神，那就是好事，對吧？

我快速讀完許多信件，並一一寫好回信，這才終於感覺工作告一段落。當然，其實現在才是真正的開始。只不過此刻，我終於感覺這短暫卻多災多難的冬天，即將邁入尾聲。

今年真的發生了許多事。若有一天我死了，我是說真的死了，並且前往另一個世界見到約亨，那光是把今年冬天發生的事情說給他聽，肯定一整夜都說不完。

嘿嘿，我要盡情向他炫耀，別看我這樣，我好歹也是一度讓皇太子迷戀的女人！

「敬愛的母親大人，這是我發自內心的建言，您似乎太愛操心，都成病了。」

哎呀，這突如其來的說話聲，把我嚇了一跳。我瞪大眼轉過頭，只見一顆腦袋從半敞的書房門口探了進來，是笑得悠閒自得的大兒子。我看起來像在擔憂什麼嗎？

「那你就是太不愛操心，都成病了。」

「妳這麼愛操心，我們之中總要有人幫忙平衡一下吧？妳在看什麼？」

「沒什麼，就是一些表面工夫的問候，我盡量寫了些真摯的回應。」

「哇，還真多。除非是我誤會，否則這麼多問候信件中，想必夾了幾封情書吧？」

「怎麼，你希望有嗎？」

我瞇起眼盯著他，只見那雙深綠眼眸裡閃耀著調皮的光芒。

「倒也不是。只是如果妳有了喜歡到難以自拔的對象，那就另當別論……」

「如果有這樣的人，你希望會是誰？」

「這個嘛，先不說我對那個人滿不滿意，還是要看那個人怎麼待妳，才能決定我的態度。」

看對方怎麼待我才能決定他的態度？我歪了歪頭，突然想惡作劇一下，便跟著莞爾一笑。

「意思是說，你無法忍受有誰對我不好囉？有這番心意，還真是難能可貴。」

「有什麼好難能可貴的？如果真有這種人……」

壓低聲音語帶恐嚇的大兒子，此刻用手搔了搔他那顆金色的腦袋，隨後又露出笑容。

「我肯定當場折斷他的腿再宰了他。」

我先是望著他，隨後才舉起手朝他的背拍了下去，一聲誇張的哀號隨之響起。

「身體健康，一路平安。」

「身體健康，一路平安，夫人。」

「夫人，路上請小心，我們會好好守在家裡的。」

在忠心耿耿的管家、女僕長與騎士團長的歡送之下，我歷經前世今生，首次有機會與孩子們一同踏上旅途。這麼一想，這一世我真是做了許多前世未曾做過的事呢。但孩子們似乎也都反應良好，真是幸好……

「我要坐窗邊！都讓開！」

「我可愛到讓人想一口咬死的妹妹啊，座位是先到先得。」

「媽媽！二哥威脅說要殺我啦！」

「媽媽、媽媽，我突然好想吐喔。」

「噗哈哈哈！誰叫你要在馬車裡看書？你這個傻短腿！自古以來說到旅行……」

「二哥你讓開啦！那裡是我的位子！」

「可惡，瑞秋，妳幹嘛一直叫我讓位？妳是看我好欺……」

「是——誰敢在尊貴的母親面前這樣沒教養地大吼大叫?!都閉上嘴，讓我好好睡個覺！」

「……媽媽，大哥好可怕。」

……顯然這趟旅途不會太順遂，唉，我可真命苦。

忘了是誰說過，黃金萬能主義的樂趣，就在於只要有錢與人力，便能將人間打造得像天堂一般舒適。

經歷整整一天半的時間，我們終於抵達近來在貴族之間享負盛名的度假勝地——位於貝希特斯加登的宏偉山岳區。度假用的別墅、狩獵場、氣派的溫泉屋等建築一一在眼前顯現，矗立在險峻得驚心動魄的山稜線上，坐擁絕世美景。

乘坐馬車的漫長路途令人疲憊不堪，原本因舟車勞頓而停止爭吵，昏昏沉沉打瞌睡的孩子們，這時全都睜大了眼看著窗外，那副模樣真是可愛極了。

「這、這根本是瘋了，我一定要逃離這裡！」

……是我搞錯了嗎？

「艾利亞斯，你怎麼……」

「我、我們全都會死在這裡！會掉下去死掉！我要離開這裡！快點讓我回家！」

……誰能想像得到呢？這個性如幼駒般倔強的二兒子，來到了高山地區竟會嚇到動彈不得……！就連陪伴他們近十年的我，也是直到現在才知曉此事。

「媽媽，二哥他怎麼會這樣？」

「我要回去啦！我要回家！我們全部都會死啦！」

「我不想回去！我喜歡這裡！媽媽，妳叫二哥一個人回家啦！」

「呃喔喔喔啊啊啊啊啊，救命啊！待在這裡我們全都會死掉！快點叫馬車調頭！舒莉，我們都會死掉啦！」

一下說我們會墜落山崖而死，一下又說我們會被強風捲走，艾利亞斯嘴裡盡是些荒唐的說詞。多虧了他，車廂內立即鬧得人仰馬翻。

雖然都大老遠來到這裡了，但見到他這麼驚慌失措，我也開始認真考慮是否要調頭回去。當二兒子陷入與他外表格格不入的恐懼之中，開始大肆胡鬧之時，令他重新冷靜下來的不是別人，正是可靠的老大。

啪！

「哇啊——！幹嘛又發神經亂打人啦?!」

「你剛剛說什麼？在我們最令人敬愛的監護人面前，這是你該說的話嗎？給我閉嘴，像個男子漢一點。你這蠢弟弟，簡直是家族之恥！你要是敢再說一句什麼大家都會死的話，我就撕爛你的嘴。」

哎呀！這番駭人的發言實在令人背脊發寒。看著傑瑞米將一手袖子挽起至肘部，泰然地望著窗外的模樣，原本擔心馬車可能真的會調頭的萊昂，立即豎起了大拇指。

至於那個不光要面對意料之外的恐懼，還挨了哥哥一拳的可憐人，則是因為對哥哥的恐懼勝過了對山崖的恐懼，沒再開口吭過一聲。不過直到下馬車之前，他始終維持著緊張的神色與僵硬的姿態。可憐的傢伙。

總之，在通過警衛崗哨，抵達我們預訂好的別墅之後，所有人都開心了起來。

由於是貴族專屬的區域，這裡的別墅豪華程度絲毫不輸皇都的貴族宅邸。不僅配有替代傭人提供服務的度假區員工，甚至還配備了隨行騎士專用的宿舍。最重要的是，這裡的風景可真是一絕。

有別於皇都，此處的景色充斥著野生之美。或許是因為我也是首次造訪這樣的高山地區，由紅色與紫色交織而成的山景之美，令我只能打從心底讚嘆。

「這裡的窗簾是粉紅色的，所以是我的房間！你們不准進來！」

「哪有這麼貪心的妹妹啊？妳一個人就要占用這麼大的房間？晚上要是鬧鬼，妳就不要哭著……」

「不然二哥也自己選房間嘛！」

「那個，瑞秋，我可以進這間房間嗎？」

「你是我的雙胞胎，你可以。」

正當孩子們在裝飾華麗且高雅的眾多寢室穿梭，決定誰該睡在哪的時候，我請度假區員工替我們卸下行李，並開始煩惱晚餐該吃點什麼。雖然心裡是想立刻跳進熱呼呼的溫泉水裡，什麼也不想地好好睡上一覺，但情況實在不允許。

「那個，媽媽。」

「怎麼了，乖兒子？」

「這個地區最有名的，似乎是以香料醃漬而成的孔雀料理。這附近的餐廳應該都是主打這道菜吧。」

啊，是這樣嗎？這傢伙是怎麼了，竟連這種事都調查好了？我讚賞地看向可靠的老大，下一刻便驚訝地愣在原地。

「……傑瑞米，你怎麼長高了？」

「有嗎？我也不知道，可能有吧。」

傑瑞米歪著腦袋，用手摸了摸自己的頭頂。我敢確信，他肯定是又長高了。

……雖然他個子本來就比我高，我也早就知道他的發育力強悍得有如雜草的生命力，卻還是有些難以置信。就連兄妹之中最小的瑞秋，也會在幾年之後長得比我高，這悲傷的現實也同樣難以接受。可惡……

「我也有！我也長高了！」

艾利亞斯噠噠噠跑了過來，站到我身旁開始炫耀。他確實也長高了一些，原本與我比肩的他，不知不覺間已經稍稍高出我兩個指節。

不過如果想追上他哥哥，那還差得遠呢。但總之，我遲早都要抬頭仰望這些不懂事的孩子，看來這點是絕對不會變的。

「哇哈哈！怎樣，真的長高了吧？」

「沒錯，還有很多成長空間。」

「妳在胡說什麼！話說回來，舒莉，妳什麼時候才要長高啊？妳不會永遠都是這個小鬼樣吧？」

稍早還吵著要下山的艾利亞斯，此刻卻用手壓著我的頭，臉上帶著戲謔的笑。這惹人厭的行徑，實在是要把我氣死了。

好啦，你們的血統最優異，最優異！如果精神年齡可以跟著身材一起長大，不知道該有多好！

就在這時，一臉嫌棄的傑瑞米冷不防抬手打了一下那顆紅通通的腦袋。響亮的拍擊聲之後，是一陣刺耳的悲鳴。

「啊——！你又幹嘛啦？」

「臭小子，在撒什麼野啊？竟敢在母親頭上動手動腳？手不想要了？」

「……哥，你到底是哪根筋不對勁?!是吃錯什麼了，為什麼這幾天都這麼奇怪？是不是背著我偷偷收了她什麼好處？」

彷彿受盡天下所有的委屈，艾利亞斯這樣哭喊著。確實，傑瑞米突然以這種表演般戲劇化的陌生態度對待我，就連我自己也不知所措，只能盡量適應。

自從那場審判後，我和傑瑞米之間的互動就變得如此難解，實在不知道要怎麼向艾利亞斯說明。

「我不喜歡有怪味的料理！」

「我也是！我們不吃又辣又臭的東西！」

不光是家族出遊，有些貴族老爺也會帶著情婦私下來這裡度假。因此，在別墅附近為數眾多的豪華餐廳中，只見每間包廂都掛上了布簾，以確保隱私。

這樣的設計也能避免貴族在度假期間到餐廳用餐，卻因為遇上不對盤的家族而敗興。貴族老爺與年輕情婦，也不需要用個餐還遮遮掩掩，不得不承受他人的注目禮。雖然養情婦一事無論再如何隱密，該知道的人依然都會知道就是了。

總之，當我們像其他客人一樣，圍坐在簾幕後方的圓桌邊，迎接堪稱本地區名產的主菜上桌時，雙胞胎便迫不及待地開始大吵大鬧。

為了配合他們兩個挑剔的喜好，侯爵府的廚師們天天費盡心血，此刻我真是對他們感到抱歉。無論如何，等回去之後，我一定要另外準備豐厚的新年獎金給他們……

「媽媽，我真的不行……」

「萊昂，你不可能總是只吃你想吃的東西。如果你真的想成為美食家，那就必須要嘗試各式各樣的料理才對。」

「可是……」

「別像個小鬼在那哀哀叫啦，臭短腿！這根本就不辣……」

「但二哥你自己也沒動一口啊！」

面對這道前所未見的料理還能不為所動的人，也就只有傑瑞米了。這名未來將成為傳說騎士的少年，怎可能讓對食材的陌生與牴觸勝過自己旺盛的食欲？

傑瑞米以刀叉切割散發著異國香料濃郁芬芳的孔雀腿，這時，或許是感覺到我好奇的視線，他放下手上的刀子，並以參雜著不耐的駭人目光，像是要吃人似地瞪著自己的弟妹。

真不知傑瑞米是如何解讀我的視線，怎會有這樣的反應？接著他開口吐出一連串我從來沒有聽過的有禮要求。

「敬愛的母親。我能否獲得您的准許，對這群不懂用餐禮儀的小鬼略施薄懲？」

「嗯，就照我們老大的意思去做吧。」

「聽到沒？不想挨揍就給我閉上嘴乖乖吃飯！」

包廂內頓時一陣靜默。艾利亞斯用彷彿目睹世界末日的眼神瞪著我們，而雙胞胎則像是被傑瑞米徵求我同意的行徑所感召，竟乖乖用起餐來。

要說結論，這道加入大量不知名香料的孔雀料理，其實意外好吃。就連口味挑剔的瑞秋都吃了三盤，美味程度不必多言。既然吃得這麼津津有味，一開始到底為什麼要那麼抗拒……！

就這樣，配著茶吃完了甜點覆盆子派後，所有人都漸漸被睏意襲擊。我們決定明天再泡溫泉或走訪其他景點，今天便直接返回住處休息。

雖然瑞秋早先宣布掛有粉色窗簾的寢室是她的地盤，但她最後仍選擇和我一起睡。

隔天早晨，我一如往常地早早睜開眼，並決定讓孩子們再多睡一下，便帶著一眾忠心耿耿的隨行騎士，到溫泉四周的熱鬧市集去採購。如果不趁現在把握時間去逛逛，等孩子們醒來肯定又是一陣兵荒馬亂，不會有什麼購買紀念品的餘裕。

尤其是艾利亞斯，現在的他難得乖乖待在室內睡覺，要是來到這條一眼就能望見驚人絕景的街上，天曉得他又會鬧出什麼亂子來？

……唉，本以為我比任何人都要了解這些孩子，現在卻覺得越是相處越難以理解。是因為這樣，人才不能夠自滿嗎？唉，好吧，別輕易自信過頭了，人生果真是……

「請別害怕，夫人，我們會誓死保護您。」

……嗯？我看起來像在害怕嗎？

基於某種我無法理解的理由，我們諾伊凡斯坦家忠心的騎士們一路都將手壓在劍柄上，彷彿隨時都要拔劍出鞘。他們帶著野獸般的凶惡神情，以決不會輕易饒過鬧事之人的氣勢緊緊跟在我身後。

這樣一群武裝騎士行走在大街上，自然也令一早便在準備大削貴族遊客一筆的商人們紛紛垂下眼，假裝忙得連抬頭的時間也沒有。

「阿爾茲爵士、沃夫岡爵士？」

「請您儘管吩咐，夫人。」

「……你們不需要這麼嚴謹戒備。」

「您不必擔心我們。」

「我的意思是，你們可以稍微放鬆一點……」

「我們無所畏懼，夫人。」

「……」

看來無論我怎麼說，他們都聽不進去。我繫緊了斗篷，那是用傑瑞米日前獵來的狐狸毛所製成的。我決定放棄勸說，不理會他們，繼續逛著市集。

在這樣的場所，即使遇到了認識的人，彼此假裝不認識才是不成文的默契。然而，若是注意到了熟識的面孔，其實很難真的視而不見。比方說，在前方那座圍巾攤旁，海因里希公爵正和一名與我同齡的女子調笑。無論他把帽子壓得再低，都無法騙過我的眼睛。

海因里希公爵夫人去世距今不到半年，他不知是在這段時間內結交了新歡，還是早已與這名女子往來密切。若是後者，那也就不難理解為何海因里希公爵夫人深受憂鬱症所苦，最後選擇自我了結的傳聞會鬧得沸沸揚揚……

呼，現在終於能親身體會世人是如何看待前世的我了。丈夫死後不到一個月便結交新歡的女人……

「有小偷！」

在來自四面八方的繽紛色彩映襯下，華麗奪目的溫泉區商街，此時瞬間掀起一陣騷動。某人尖銳的叫喊聲響起，從我所在之處的另一頭，一名邋遢的男子衝了出來，緊追在後的則是穿著黑色制服的騎士。

「讓、讓開！」

正當這名大言不慚對行人發號施令的竊賊經過我身旁之時，我身後的阿爾茲爵士伸腳絆了一下，令這名竊賊老爺摔倒在地。

砰咚砰！

周圍的招牌胡亂翻倒在地，只見商家老闆操起粗獷的嗓子罵了起來。

「你這無賴，打定主意來妨礙我做生意是吧？竟敢在這偷東西，把這當作是什麼地方了？」

「呃啊——！」

憤怒的商人拿起像是鍋蓋的物品，一把往這名搞破壞的竊賊腦袋敲下去。我迅速將視線別開，決定不去看即將在眼前上演的殘酷畫面。

一轉頭，只見那名黑色制服的騎士，正與我的隨行騎士互相以騎士之禮問候。等等，那制服似乎有些眼熟……

「維特斯坦爵士，不要對人太嚴苛……哎呀？」

一名有著天藍髮色的貴夫人，在其他幾名黑衣騎士的簇擁下朝我們走來。只見她頓了一下，掩嘴望向我，而我也同樣感到吃驚。

「諾伊凡斯坦夫人……？您怎麼會在這？」

……這是我想說的話吧？

「這是我們家第一次的家族旅行。」

我們同時說道。我趁著時間還早，獨自一人出來採買紀念品，而紐倫伯勒公爵夫人也基於相同的理由上街，卻倒楣地遇上了竊賊。

似乎不是只有我有些難為情。我們可靠的隨行騎士都跟在身後不遠處守著，公爵夫人則走在我身旁，看上去和我一樣稍顯無措。只見她不斷摸著披肩，有些尷尬地開口。

「夫人，我在賀年信上也向您提過……」

「什麼？啊，是，我收到您的賀年信了……」

「是的，我是想告訴您，當時夫人所展現的模樣，也帶給了我勇氣。」

啊，她說的是那個部分。雖然我很好奇她所謂的勇氣，究竟屬於什麼類型，不過擔心貿然開口詢問或許有些失禮，我決定笑著點點頭。而就在此時，始終垂眸盯著腳前平整地面的公爵夫人，再度開口道：

「那個，我和我先生說了。」

「什麼？您是說……」

「這是我第一次把這些話告訴他，說我無法繼續忍受下去了。」

究竟是什麼令她無法繼續忍受？難道就連穩重自持的紐倫伯勒公爵，都像某某人一樣在外養了情婦嗎？不會吧……！

一直盯著地面的她，此刻突然抬起頭來。只見那雙總是籠罩著一層悲傷的水藍色瞳孔之中，洋溢著前所未見的活力、閃爍著不尋常的光彩。我莫名有些緊張，忍不住嚥了下唾沫。

「我對他說，我再也不能同意他以那種方式教育孩子了。比起別人，他更應該相信我們的孩子說的話才對。」

「……」

「我早該這麼說了。但總之，他似乎對我的反應也有些驚訝。好好與他談過之後，我們便規畫了這趟家族旅行。」

公爵夫人以驚人的語速說完這段話，她望著我，肩膀隨著急促的呼吸而起伏。那過去總是哀悽的眉眼，如今飽含無比的自信，耀眼得令人無法直視。至於我，則是無法移開視線。

或許在別人看來，這並不是多麼了不起的作為。只是這名年紀雖已有三十出頭，卻反倒要年紀小上一截的我挺身而出來保護她的柔弱夫人，此生頭一遭站出來反抗自己的丈夫，這需要鼓起多大的勇氣，我實在無法揣測。

至少在我看來是如此。別人的家務事，我哪可能明白呢……

「諾……公子似乎過得很好，真是太好了。」

我好不容易擠出一句話來回應，只見她立刻露出了微笑，那是我從不曾見過的開朗笑容。瞬間，眼前的她宛如甫參加完成人儀式，仍在度過花樣年華的貴族小姐。

「希望如此。」

當然，我們兩人都是在事情還有轉圜餘地的假設下，才會說出這樣的話。

「任何人都不許跟我說話！」

早在擁有悠久歷史的凱瑟萊西帝國創建之前，與溫泉療效有關的傳說便已然存在。即便這種形式的大眾溫泉館直到近年來才正式出現，但如今我們也終於要迎接所有人一起泡湯的時刻。

我們即將前往的露天溫泉無比豪華，還有精美程度幾乎媲美藝術品的半身雕塑做裝飾。只是，二兒子這匹暴躁小馬的狀況似乎有些奇怪。

「你又有什麼問題了？」

「我不知道啦！反正不要跟我講話！尤其是舒莉妳！」

……總之，我們家艾利亞斯似乎非常不開心。究竟是什麼問題，讓他竟然擺出一副張牙舞爪的凶狠模樣？這實在一點都不適合他，如果能知道是什麼原因造成的就好了。

「傑瑞米，你弟弟怎麼了？」

「我不知道，放著不管等一下就會好了吧？啊，話說回來，我怎麼才剛進來就覺得好熱？」

他說得沒錯，我們付了錢後，進入這棟有著宏偉拱頂的建築物，只是越往內走，撲面而來的熱氣就越是讓我們忘記外頭正是寒冷的冬天。

「我和瑞秋會自己進去，弟弟們就交給我們家最可靠的老大來照顧了。」

「好，我會努力看著他們，敬愛的母親。啊，不過，這裡都沒有吃的嗎？」

才剛吃過午餐，傑瑞米竟然現在就在喊餓？等他領著兩個弟弟走遠後，我也帶著瑞秋一起進入女性專用的浴場。

以花崗岩和大理石打造的二樓浴場，有著可容納數十人一同進入的浴池。而三樓則是以高聳氣派的岩壁，隔出可供少數人獨立使用的小浴池。

即便這是最近的流行，但我們依然不願意和陌生人一起裸體泡在水裡玩耍。於是我們立刻換上浴袍上到三樓，獨占了一座小浴池。脫下浴袍泡進池中，我立即感受到溫泉浴的療效。

神啊！這裡就是天堂！為何我過去不知道有這麼棒的東西呢？

溫泉浴與在家泡澡的體驗就是不一樣。銷魂的感受讓我全身放鬆，肌膚也更加緊緻有彈性了。或許這只是心理作用，但我有種自己真的變得更健康的感覺。

「媽媽，我好熱，這裡有冷水嗎？」

就在我此生頭一遭進入飄飄然的忘我境地時，我們的小淑女似乎無法像我這麼享受。她圓嘟嘟的雪白雙頰泛起玫瑰色的紅暈，嘩啦嘩啦敲打著玩具的模樣實在惹人無限憐愛。而那頭美麗的金色捲髮，此刻因被水浸濕而披散開來。

「再忍耐一下，聽說泡溫泉有助美容喔。」

「熱水可以變漂亮？怎麼變漂亮？」

不知該如何說明才好，我一時有些尷尬，於是帶著微笑在水下伸出手，一把摟住嘟著小嘴的女孩。會用這種撒嬌的方式追根究柢問問題的時期，再過不久就會一去不復返了……

「這個嘛，溫泉能讓妳的皮膚更透亮，可以消除傷疤，也能讓搔癢的部分不再發癢，還能讓手指甲跟腳趾甲更有光澤。瑞秋難道不想變漂亮嗎？」

瑞秋伸出小巧圓潤的手，一言不發地摸了摸我的頭髮，隨後才搖了搖那顆金色的小腦袋，用她獨有的執拗嗓音說道：

「媽媽不需要這些也很漂亮啊，所以我也不用。為了變漂亮要忍受不喜歡的事情，實在太不合理了！」

怎麼說這種傻話？這點小事就覺得不合理，未來該如何是好呢？再過幾年，她就得每個月忍受一次麻煩事，同時還要穿上連呼吸都會有困難的束胸了呀。

……當然，到時她肯定會自己處理得很好，畢竟前世就是如此。

最後，多虧了口口聲聲說無法忍受不合理之事（她說要熱死了）的女兒，我們不得不早早離開溫泉館。幾個兒子都還在裡頭玩耍，只有我和瑞秋先回到別墅，坐在陽臺的躺椅上品嘗茶點，一邊欣賞四周的風景。

此時我默默想著，只能趁著晚上大家都入睡之後，再一個人偷偷去一趟溫泉館了。唔，我這樣還真像個老人！

總之，此刻真是無比悠閒。多虧了全力運作的暖爐，坐在陽臺的我們也渾身暖烘烘的。不知是不是因為到了午睡時間，瑞秋開始打起瞌睡，我抱她到床上躺好後，便一個人回到陽臺，悠閒地翻閱著雜誌。當下，我覺得這段時光實在極為奢侈。

我在這裡悠閒度假時，我們在首都的家是否一切如常呢？當然，如果真有什麼事，肯定會立刻接到聯繫……咳，我怎麼會變成這種工作狂，連出來玩都無法放鬆？

「媽媽！」

哎呀，嚇我一跳。陽臺下方突然傳來一陣呼喚，我從躺椅上起身，探頭往下看去。

有別於我們母女，萊昂似乎玩得十分盡興，只見他圓嘟嘟的嫩白小臉上帶著笑容，正一邊奮力朝我揮手，一邊奔向別墅的入口處。在他後頭的是氣鼓鼓的艾利亞斯，正忿忿地大步前進。至於傑瑞米，他似乎在我們短暫的分別期間結交了新朋友……哎呀？

「嘿，我敬愛的母親舒莉！我們等等可以跟這傢伙一起吃晚餐嗎？」

……他們的感情是越吵越好嗎？我不敢置信地眨眨眼，一時間不知該說些什麼。

在頂著一頭濕潤金髮，活力十足朝我走來的大兒子身旁，是一道熟悉的身影。想到今天早上的偶遇，在這裡碰到他也沒什麼好驚訝的，只是……

「您好，諾伊凡斯坦夫人。」

「……很高興能在這裡見到你，公子。你來和我們共進晚餐沒問題嗎？」

連我自己都不清楚，我的語氣為何聽起來如此生疏。最後一次碰面時，我們之間的氣氛明明也不尷尬，為何現在我會感到如此彆扭？

這對命中注定的宿敵，打從初次碰面起便爭鋒相對、關係劍拔弩張，不過如今看來，那些過節似乎都煙消雲散了。諾拉與我們家傑瑞米並肩而立，抬頭望向我。

他看上去並沒有太大的改變。那頭與父親如出一轍的粗硬短髮，以及享受戶外活動而曬出的健康膚色，都一如往常。若要說有什麼不同之處……那就是他似乎也長高了一些。那雙清冷的湛藍眼眸，似乎也多了些過去沒有的陰影。

「看吧，我不是說了？我們家美麗的母親，肯定會爽快答應的嘛！」

「我又沒有懷疑你說的話，你這隻慢吞吞的懶貓。」

「哈！你現在是覺得沒面子才惱羞成怒吧？可惡的雜種狗！要打一場嗎？」

「我該走了，吃完晚餐再切磋吧。那就等等見了，夫人。」

諾拉鄭重地向我鞠躬，隨後便快步離去。

傑瑞米也迅速進入別墅，與弟弟們一起衝上樓來。中途傳來的那聲巨響，想必是艾利亞斯甩上房門的聲音。這還真是奇怪，他究竟在氣什麼，怎麼到現在都還沒消？

「玩得開心嗎？」

「嗯，真的好好玩！我跟哥哥們比潛水，大哥要贏的時候，剛才那個黑頭髮的哥哥突然撲了過來，所以最後是我贏了！哥哥們都很生氣。」

萊昂生動地描述當時的情景，我也能想像那是什麼樣的畫面。他拿起桌上的生薑餅乾，爬到床上，擠在雙胞胎姐姐身邊坐下。

萊昂守著熟睡的姐姐，一面警戒四周，一面小口小口啃咬餅乾。擁有一模一樣的祖母綠眼眸與微捲金髮的雙胞胎姐弟，緊緊黏在一起的模樣真是可愛極了，不是嗎？

「妳們怎麼這麼早就回來了，沒有想像中那麼好玩嗎？」

天生的男子漢傑瑞米，此刻正費盡力氣想壓平那頭濕漉漉的捲髮。他來到我身邊，一屁股坐了下來。

就算遺憾得想哭，我也只能把眼淚往肚裡吞。本來還以為最享受溫泉的會是我和瑞秋，沒想到結果竟然完全相反……

「瑞秋說泡溫泉是很不合理的事。」

「她在說什麼啊？」

我忍住苦笑，將攤在膝頭的雜誌隨手放到桌上。這時，哈欠連連的傑瑞米眨著惺忪睡眼，整個上半身倒在躺椅上。準確地說，他是倒在了我的腿上。我瞬間全身動彈不得，隨後才回過神來，態度自然地開口。

「你好像越來越像某人，變得很愛撒嬌呢。」

「原諒我吧，兒子可是如實地完成了您交辦的任務呢。」

「任務？」

「不是要我好好照顧弟弟們嗎？既然我們都平安回來了，那就表示我有好好照顧到他們。啊，我突然要睏死了。」

聽起來確實頗有道理，我沒有反駁的餘地。既然接受了這番說法，自然也只能任由壯得像座山的大兒子枕著我的腿悠悠睡去。這樣其實也不壞，是一種安心又溫暖的感覺……

「話說回來。」

「嗯？」

「剛才那傢伙——明明是隻雜種狗，但誤以為自己是匹狼的那傢伙。」

「你是說紐倫伯勒公子？」

誤以為自己是匹狼的雜種狗？不愧是命中註定的宿敵，這命名的品味可真是不一般。我忍住了笑，低頭看向傑瑞米，只見半閉著眼的他，突然露出十分少見的表情。

「他爸應該很可怕吧。」

「怎麼了？」

「剛才我在溫泉館看到的，那傢伙背上全是瘀青，就像之前艾利亞斯被混蛋叔父打的傷。」

「真的嗎？」

「我親眼看到的。上次我們家辦宴會的時候，妳也有看到嘛，除了他爸還會是誰。」

「那……他是親口說他被打了？」

「我不知道，問了他也不會講吧。」

我突然想起今早與公爵夫人的對話，不由得沉浸在思緒中，疑問接二連三浮現。片刻後，我謹慎地挑出其中之一來詢問傑瑞米。

「紐倫伯勒公子……和皇太子殿下的關係為什麼會這麼差呢？」

其實我並不覺得能得到解答，還以為傑瑞米會氣急敗壞地大喊「別提那混蛋的事」，沒想到他眨了眨眼，竟然認真思考起來。但沒過多久，他便露出不懷好意的笑容。

「不知道耶，在我看來，應該是西奧哥太惹人厭了吧？」

「惹人厭？」

「西奧哥有一點……怎麼說呢，就是跟他很要好時感覺不到，但現在回頭想想，會發現他其實有些地方隱約挺讓人不爽的。該說他喜歡踩著別人來襯托自己有多好嗎……哎呀，好難形容。總之，就是偶爾會覺得他好像有強迫症，感覺沒辦法接受有人比他更受矚目。」

平時對別人的事毫不在乎的傑瑞米，居然會想得這麼深？但想想也是，他察言觀色的能力本來就意外的好，而且自幼與皇太子走得近，自然更清楚皇太子不為人知的一面。雖然這樣的一面有點出人意料……

「傑瑞米，你那時遇到的樞機主教……」

「那個人喔，怎麼了？」

「你真的完全沒看到他的長相嗎？」

「之前我就說了，他戴著兜帽，我沒看清楚他的臉。聲音的話說不定還能認出來……」

這時，重重的腳步聲響起。我嚇了一跳，轉頭查看，只見艾利亞斯心事重重地朝陽臺走來。接著他突然停下腳步，皺著臉站在原地。

「你們兩個在幹嘛？我還以為是什麼母子情深的雕像咧。」

總算有機會拿先前傑瑞米罵他的話來回敬，艾利亞斯一臉得意洋洋。但傑瑞米沒讓艾利亞斯囂張太久，他打了個哈欠，看起來無動於衷。

「看來我這個蠢弟弟總算學會正確定義了。」

「……可惡，你們兩個到底是怎樣啦，什麼時候感情這麼好了?!很不像你們耶！你們到底背著我在計畫什麼？」

「哪有在計畫什麼？是不是看在你眼裡，每件事情背後都一定藏著什麼陰謀？」

「對，沒錯！就是你說的這樣！尤其是哥，你最可疑！不只整天把那個噁心死人的詭異稱呼掛在嘴邊，還突然裝出一副大人的做作樣子……」

「奇怪，你這傢伙幹嘛一直拿這件事來吵？身為帝國堂堂男子漢，不能稱呼母親為媽媽，豈不是悲劇中的悲劇？」

「媽媽是在叫誰？我們的母親在七年前就去世了！她怎麼會是我們的媽媽……！」

義憤填膺的艾利亞斯提高音量，下一刻卻瞪大雙眼僵住了。不算睡得很沉的瑞秋，三兄弟難得可以和樂融融地聚在我身邊，氣氛卻因為他的一句話而降至冰點。

砰！

就在口不擇言的當事人愣在原地，房內陷入令人窒息的靜默之時，率先展開行動的人是傑瑞米。他狠狠地揍了一拳身下那張躺椅，倏地站起身來。

傑瑞米渾身散發著駭人的暴戾之氣，眼底透著凶光。

「你剛剛說什麼，再說一次看看？」

「我、我……」

艾利亞斯支支吾吾，我還以為他會被傑瑞米逼退，沒想到卻再次大吼大叫起來。

「怎樣？怎樣啦！我有說錯嗎?!」

「你這傢伙真的是……」

「傑瑞米！」

砰咚！艾利亞斯原本拔腿就跑，意圖逃離哥哥的魔掌，卻立即被追在後頭的傑瑞米撲倒在地。

傑瑞米渾身散發著令人背脊發麻的殺氣，壓制住艾利亞斯後，他頓了一下才轉頭看向我。而我直視著他的雙眼，盡可能以最為冷靜的語氣說道：

「算了吧。」

「什麼？可是……」

「沒關係。我真的沒關係，你先放開他比較好。」

我早已熟悉艾利亞斯目中無人的說話方式，也厭倦再去計較這些。更何況艾利亞斯又不像我，並沒有帶著前世的記憶重活一遍，現在的他就只是個青春期的孩子罷了。

傑瑞米也一樣，即便過去這幾天他都用表演般的孝敬態度來對待我，但客觀來看，我對他們來說頂多是個像姐姐一樣的外人。

我並不期待他們用對待母親的方式面對我，那樣並不容易，因此我也沒什麼好難過的。但是！咳！不管怎麼說，這傢伙依然壞透了！就算是事實，但有必要說出這種話嗎？

即使心裡五味雜陳，我臉上仍舊帶著淡然的微笑。傑瑞米緊盯著我，那對金黃眉毛微微蹙起。

「妳知道妳說謊和說實話的時候，笑容看起來不一樣嗎？」

「……是這樣嗎？」

「該死，我遲早要拔掉這小子的舌頭！嘖……」

傑瑞米竟然一派輕鬆地說出這種毛骨悚然的話，還真是令人佩服。而且，沒想到他會乖乖聽話，克制住那副狗屎般令人不敢恭維的臭脾氣，這可以說是長足的進步吧？太感動了，傑瑞米，你居然也有懂事的一天……

至於那個坐在床上的小學者，此刻正睜著一雙大眼，面露不安地左右張望。他跳下床朝我跑來，並用手拉著我的衣角。我擔心自己內心的波動會影響到這孩子，便趕緊換上明朗的笑容。下一刻，抬頭望著我的小學者說出了驚人發言。

「媽媽，二哥是青春期到了嗎？」

「……應該是吧。」

「家庭教師說，現在青春期的小孩比較少被打，所以才會有這麼多問題。」

傑瑞米拿起水杯，正粗魯地大口喝著，聞言立刻嗆咳起來，我則帶著微笑摸了摸萊昂的頭。幸好瑞秋睡得正熟，否則這裡肯定早已變成猛獸環繞的驚險叢林。

話說回來，我該拿這個跟混蛋沒兩樣的二兒子如何是好？唉，好不容易一個傢伙安分點了，現在又是另一個傢伙讓我頭疼。我的命真苦！

夕陽西下時分，天空開始飄下細碎的雪花。我們用厚實的毛皮斗篷裹緊全身，前往預約好的餐廳用餐。

一直關在房間裡的艾利亞斯興許是餓了，雖然噘著嘴沉默不語，卻還是乖乖跟在後頭。我沒和他說話就算了，但就連傑瑞米也沒和弟弟說半句話。

「不錯嘛，這裡是身分地位最高貴的人坐的位子吧？」

如傑瑞米所述，餐廳為我們預留的晚餐座位，是位於溫泉館最上層，餐廳內要價最為昂貴的陽臺座。雖說是陽臺，但仍有厚厚的玻璃窗阻隔室外的冰冷空氣，因此我們不需要吹著冷風用餐。

雖然餐廳客人的注目視線令我有些在意，但可以一邊欣賞白雪覆蓋的山岳絕景，一邊享用熱騰騰的晚餐，確實很不錯。果然即使在座都是貴族，財力還是決定了一切。

「喲，你來啦？」

諾拉抵達時，冒著熱氣的燉菜與紅酒醃漬的野豬肉料理恰好上桌。這位年輕的公子走進我們所在的陽臺，像是忍耐到極限般立刻單手解下頸間的黑色貂毛圍巾，接著將一只盒子塞到我面前。

「這是我母親要我帶來給妳的。」

「夫人給的……？」

「對，好像是什麼白巧克力之類的。總之，謝謝你們邀請我。」

哇，居然是白巧克力，世上真的有這種東西嗎？只不過是邀請諾拉來用餐，何必特別送這種禮呢？總覺得我也必須準備點回禮才行……

「對了，公子……你們應該同樣是來家族旅行的，不跟家人一起用餐沒關係嗎？」

「我父母親似乎很希望我能短暫消失一下。反正他們也在這間餐廳，之後可以再去跟他們打招呼。」

諾拉一臉不在乎地聳了聳肩，一屁股坐到正在賊笑的傑瑞米身旁。這對宿敵竟能如此友好地同坐一桌，命運還真是捉摸不透。

「歡迎你自投羅網來到獅子的巢穴，雜種狗。」

「你這慢烏龜，說誰是雜種狗啊？現在連路邊的野貓都能說自己是獅子啦？」

「哎喲，想打一架是吧？」

「這是我要說的話。」

說著說著，兩人便幼稚地在桌子底下抬腳互踹，雙胞胎盯著諾拉，眼神像在看什麼怪東西。我決定假裝沒看見旁邊的艾利亞斯，他依然臭著一張臉，正拚命將燉菜往盤裡撈。

只是，我還是有些不自在。不知道是因為在我們家這群小獅子面前，還是因為在意旁人的目光，諾拉對我的態度是前所未有的恭敬，導致我也只能客氣地回應。

不過，看諾拉和我們家傑瑞米要好地打鬧，食欲也非常旺盛的樣子，看起來應該是沒什麼大問題。最讓我驚訝的是，就連他臉上的傷看起來似乎都充滿了活力。他明明看起來如此開朗，為何我還是覺得他有些微妙的變化？

「很好，吃飽之後就來好好對練一下吧，雜種狗！」

「到時候可別輸了就哀哀叫，你這隻暴躁的貓崽仔。你有帶劍嗎？」

「你在說什麼？身為騎士就是要隨時把劍帶在身邊！我呢，可是從克拉拉聖女大人那裡，收到了一把名劍作為聖誕禮物……」

「看來克拉拉聖女大人似乎比大家所知道的更寬宏大量呢。」

諾拉淡淡地回應傑瑞米，接著突然轉頭看向我，露出淺淺的微笑。雖然我不介意他說出來，但他似乎不認為一定要在這個場合，說出自己也有收到我送的聖誕禮物。如此謹慎且周密的思慮，真是令我讚嘆，讓我對這小子刮目相看！還以為他就像我們家這幾個兒子一樣，是個頑固的死腦筋呢！

艾利亞斯原本靜靜在一旁與甜點奮戰，彷彿那塊派是他前世的仇敵。這時，他突然開口。

「啊，真是吵死人了。別人家吃飯吃得開開心心，硬是要湊一腳就算了，能不能安靜點啊？」

鏘啷！

傑瑞米手中的刀子被扔下，碰撞出尖銳刺耳的聲響。莫名遭受艾利亞斯攻擊的諾拉，表情卻意外平靜。只見他緩緩轉頭望向艾利亞斯。

「說話的時候要看著對方的眼睛才有禮貌。你剛才好像是在說我，我有猜錯嗎，膽小鬼？」

冷不防被人說是膽小鬼，艾利亞斯氣得大力推開面前裝著派的盤子。我們家這個紅髮惡棍一下就從椅子上跳起身，用一副要拆了整間餐廳的氣勢大聲咆哮。

「怎樣，不爽啊？不爽就立刻滾啊！你這隻不會看場合的野狗！」

這番無禮的發言令諾拉皺了皺眉，但還沒等諾拉做出反應，傑瑞米就搶先了一步。他似乎再也無法再忍受艾利亞斯的胡鬧。

「臭小子，你自己一直在旁邊不知道生什麼悶氣，幹嘛突然拿別人當出氣筒?!真的想挨揍是不是？」

「哥，你什麼時候和那小子變得這麼要好？現在居然開始幫他講話了！」

「我哪有幫他講話？剛才氣氛這麼好，搞破壞的人是你，混帳！」

「這哪叫什麼好氣氛?!那傢伙在那邊嘻嘻笑的蠢樣，看了就讓人生氣……」

「艾利亞斯！」

我不自覺提高音量。這時，原本自顧自吃得津津有味的雙胞胎，也同時瞪大了眼睛看向我。而原本大聲咆哮，氣勢不輸哥哥的艾利亞斯，也因為我的喝斥而縮了下肩膀。見他睜大雙眼轉頭看過來，我頓時氣結。

「你這種無禮的行徑是跟誰學的？還不快給我道歉！」

「不、不要！我為什麼要……」

「臭小子，你沒辦法一次聽懂別人說的話是不是？無論你把我當成什麼，我都依然是你的監護人，立刻照我說的去做！你想看到家族之間因為你而產生衝突，最後鬧出人命是不是？」

當然，我們家與紐倫伯勒家不太可能只因為孩子間的幾句口角便反目成仇。只是，先不說我對這匹憤怒小馬的忍耐即將到達極限，其實我更在意若是在這裡引發騷動，最後會受害的人顯然還是諾拉。

日前傑瑞米面臨審判的那段時間，諾拉是少數真心為我們擔憂的人，這讓我非常感激。無論艾利亞斯針對諾拉的原因是什麼，我都不希望他開開心心來吃飯，卻莫名成為出氣的對象，回去還得遭到父親狠狠教訓。

一番喝斥之後，我努力平息怒火，艾利亞斯則像是靈魂出竅般，張大了嘴愣在原地。本來準備拔下弟弟舌頭的傑瑞米，嘟囔了幾句像是禱告的話，坐回了自己的椅子上。他看上去有些心煩意亂，一雙深綠眼眸緊盯著我，其中閃爍著複雜又微妙的光芒。

一旁的諾拉始終緊抿著唇，表情難以解讀。一對上我的視線，他立刻換上微笑，彷彿方才不曾出現任何插曲。他從容地站起身，拿起掛在一旁的貂毛圍巾繞在手上。

「我想我還是……先離開比較好。今天諸多失禮了。」

「可是公子……」

「不要緊。這樣輕率地介入別人的家族旅遊，是我太失禮了……雖然有些遺憾，但把你痛打一頓這件事得等到下次了，慢烏龜。」

「喂，臭小子，你又想跑嗎？」

「要是覺得可惜，你可以自己來找我啊。那我就先失陪了！」

見自己的宿敵快步離開，彷彿急著躲避什麼的模樣，傑瑞米似乎也感覺到一絲不對勁，於是沒有繼續挽留。等他回過頭，那雙暴躁的綠眼立刻瞪向自己不懂事的弟弟。

「你的眼睛是拿去餵狗了吧？連察言觀色都不會，我們要是家庭破裂，那就都是你害的！」

艾利亞斯沒有爭論自己為何突然成了破壞家庭的元凶，只是彆扭地坐回位子上。我嘆了口氣，轉頭看向傑瑞米。

「傑瑞米，我先回去了，等大家都吃完你再帶他們回去。」

「我已經吃飽了。」

「我也吃飽了，媽媽。」

「我也是。」

我罕見地怒斥艾利亞斯，想必是令他們相當震驚。於是，我們一家人帶著略為苦澀的心情，離開了提供山珍海味的餐廳回到別墅。

我一回到別墅，便不知不覺睡著了。等我被某種尖銳物品的碰撞聲吵醒時，時間還是午夜。我躺在床上，動也不動地望著天花板好一陣子，隨後才坐起身來。我確實是聽到了某種聲音沒錯……

那不是我半夢半醒之間的幻聽。聲音就在近處，正好就是從臥室外頭傳來的。我拖著猶帶睡意的身體，搖搖晃晃來到窗邊，一把掀開了窗簾。

深夜的雪地裡，兩名少年拿著劍打得起勁的身影，映入我打著哈欠的眼裡。兩人臉上都掛著開心的笑容，完全看不出他們曾是仇視彼此的宿敵。那你來我往的模樣，實在是令人感到新奇。

不過，他們一定要選在大半夜切磋嗎……？

在皎潔月光的照耀下，無論黑髮還是金髮都顯得潔白耀眼。而他們手中所持的劍不是其他，正是我送出的禮物。傑瑞米的是一柄雪白劍身配上黃金劍柄的長劍，諾拉則是漆黑劍身搭配白金劍柄的雙手劍……

我茫然地望著兩人，隨後才拖著緩慢的步伐，打算去看看其他孩子睡得是否安好。這一看，立刻讓我嚇壞了。瑞秋本該在掛著粉色窗簾的臥室裡熟睡，房裡此刻卻空蕩蕩的，其他人的臥室也都一樣。究竟是怎麼回事？竟連萊昂跟艾利亞斯都不見人影！

我趕忙下到一樓，從兩名正打得不可開交的少年身後往庭院跑去。見到我只穿著一件冬季襯裙便匆忙跑出來，那兩人立即停下手上的動作，轉身看向我。

「是我們把妳吵……」

「傑瑞米，弟弟妹妹去哪了？」

這麼冷的天，激烈的對戰仍讓他冒出斗大的汗珠。原本正一邊喘氣一邊擦汗的傑瑞米，聽見我的問題立刻瞪大雙眼。看到他的反應，我的心都涼了。

「剛才他們都還在睡覺啊。」

「你沒看到他們出去嗎？他們全都不在房間裡！」

「什麼？」

別墅內瞬間掀起一陣騷動。聚在隨從房間裡大喝蘭姆酒，享受異地寧靜夜晚的隨行騎士們，也都沒有發現幾個孩子的動靜。從這點來看，他們應該是刻意瞞著所有人跑出去了。

果然不出所料，我們發現一樓廚房的窗戶大大敞開。他們究竟是為了什麼，要在這麼冷的夜裡爬窗戶偷跑出去？而且竟然連雙胞胎也一起去了！

「請別太擔心，夫人。這一帶戒備森嚴，不會有事的。」

這一帶戒備森嚴一事我心知肚明，依然抵擋不住打從心底湧現的慌亂。即便是在治安絕佳的度假勝地，仍會有宵小出沒。萬一他們遇上強盜，那該怎麼辦？萬一他們從懸崖上摔落了呢？況且，艾利亞斯可是有懼高症啊。四周都是積雪，到處都有發生意外的危險，他們到底跑去哪了？

「妳先冷靜下來，等我們回來。他們絕對是去看什麼無聊的東西了，如果不想被我折斷腿，肯定馬上就會自己回來。」

見我心急如焚失去了冷靜，傑瑞米一手按著我的肩，沉著地安撫道。他轉頭看向身旁的諾拉，神情緊繃的諾拉也朝我點頭。

「我們家的騎士也會一起出動去找，他們肯定跑不遠的。」

這樣驚擾眾人並非我本意，但我能做的也只有拚命點頭。兩名少年帶著騎士出去搜索三個孩子，各式各樣的想像也同時在我腦中上演。艾利亞斯是因為被我喝斥，所以才憤而離家出走嗎？如果是這樣，那為何連雙胞胎都一起離開了？為什麼他們老是做這些前世不會做的事……！

「諾伊凡斯坦夫人？」

這度秒如年的時間究竟持續了多久？我獨自坐在別墅入口處，忐忑不安地等待著消息，紐倫伯勒公爵則恰好在此時現身。也是，諾拉都帶上自家的隨行騎士出去尋人了，紐倫伯勒公爵沒有發現才奇怪。

「公爵閣下。」

「這是怎麼回事？外頭亂成一團，是我兒子闖了什麼禍嗎？」

「不，不是那樣的……」

六神無主的我，將艾利亞斯與雙胞胎失蹤的前因後果全盤托出。眼前這位鋼鐵公爵靜靜聽完，這才對我微微一笑，像是在說他能明白我的心情。

「還真是這年紀的孩子會做出來的事。請別太擔心了，他們肯定會平安歸來。」

是因為說話對象的緣故嗎？雖然這不是什麼別出心裁的安慰，但由年紀與我父執輩相當的成年人說出口，還是讓我慌亂的心情稍稍鎮定下來。看來即使我的人生又重來了一次，精神年齡卻還是與他有一大段差距……

「果真如此嗎？」

「我敢保證，不久之後他們便會哭著被抓回來了。所以請您進屋去等吧，外頭風很冷。」

公爵的語調中參雜著一絲難以理解的憐憫，接著他脫下身上的長大衣披在我的肩上。原本幾乎凍僵、快失去知覺的手腳溫暖了起來，我頓時感到一陣羞愧，覺得自己像個小題大作的孩子……

「您難道是睡到一半被吵醒了嗎……」

「不。我太太已經先睡了，但我還有些事情要想，所以還沒睡。我想您也知道，假期結束之後，我們又得開始面對困境了。」

彷彿此刻就在面對什麼令他頭疼的事情，公爵皺著眉露出了苦笑。如此穩重優雅之人，為何會對唯一的獨生子如此嚴苛？實在令人難以理解。

「我覺得，公子……是個非常好的孩子。」

我不自覺脫口而出。聞言，公爵微微側頭看了看我，隨後莞爾一笑。

「謝謝您這樣看好他。對了，我聽內人說，她先前向夫人提出了關於犬子的無理請求，我想為此再次向您致歉。」

「不，您不需要道歉……那並不是什麼無理的請求。」

「夫人光是要照顧家裡幾個年幼的孩子就很不容易了，您看看現在。」

他說得沒錯，我一時不知該如何回應，只能難為情地眨著眼。親切的公爵以那雙與諾拉神似的湛藍瞳孔凝視著我，其中藏著難以解讀，說不上是憐憫還是苦澀的情緒。過去他也經常以這種難解的眼神望著我，絕非帶有任何不純之心或徒勞的情感，就只是……

「夫人！」

突然，火光照亮了周圍，數名騎士一同呼喚我的聲音傳來。我立刻起身迎上前去，哇，天啊！只見我們家老大一手揪著艾利亞斯的後領，在一群高舉火把的騎士陪同之下，筆直地朝我走來。但雙胞胎呢……?!

「艾利亞斯，你……！你這傢伙，究竟是跑到哪裡去了？」

「嗚啊——！」

「臭小子，你還哭？你憑什麼哭？弟弟妹妹人呢?!」

艾利亞斯不理會我怒氣沖沖的質問，一屁股坐在地上，蹬著腿大哭起來，嘴裡不斷發出難以理解的喊叫。此情此景荒唐得讓我說不出話，這時傑瑞米靠了過來。

他先是不耐煩地對弟弟嘖了幾聲，接著才語帶嫌棄地解釋。

「他們說要去摘月夜下的花，所以就爬到山脊上，結果因為懼高症的關係，他整個人動彈不得。我們好不容易找到他的時候，他還縮在原地發抖。這個蠢蛋，花樣還真多！」

他們去摘什麼……？這一切實在令我啼笑皆非。而這時，我才注意到艾利亞斯的其中一隻手上，緊緊握著一朵潔白的花。

這種珍貴的植物只生長在白雪覆蓋的高山地區，被稱為雪蓮，顧名思義就是開在雪地上的蓮花。在這一片混亂之中，雪蓮仍舊無比美麗，我實在是無言以對。

「你們究竟是怎麼回事，為何要在深夜跑出去摘花?!雙胞胎到底在哪裡?!」

「嗚啊——我好痛啦！」

「你怎麼還在轉移話題?!」

「才沒有！我是真的手受傷了啦！嗚啊——雙胞胎……萊昂他……雪蓮……嗚嗚嗚嗚！」

我花了好一些時間，才終於理解艾利亞斯想表達的意思。這不知憑什麼哭得如此撕心裂肺的傢伙，想說的話整理起來就是這樣：

雙胞胎拿晚餐時發生的事責怪艾利亞斯，萊昂為了讓我消氣，提議去找他曾在書上看過的珍貴花朵來送給我。最後三人大膽地決定出外探險，前去採集雪蓮。好不容易爬到山脊上，艾利亞斯卻因為懼高症發作而陷入恐慌，雙胞胎便表示要去找傑瑞米來救他，便丟下艾利亞斯離開！

我實在找不到任何話語來形容自己的感受，只能露出一副張著嘴的傻樣。這時，一旁似乎一直在拚命忍笑的紐倫伯勒公爵，對傑瑞米說道：

「剩下的搜查隊員呢？」

「剛才公子說要分頭去找，就帶了一些人離開。不知道他們現在走到哪了，看來得再出去……」

「媽媽！」

就在這個絕佳的時間點，令人無比欣喜的聲音傳來，話說到一半的傑瑞米、公爵，以及一旁的騎士們都同時轉過頭去。而我自然也做了相同的動作。

「萊昂！瑞秋！」

神啊，謝謝祢！一名黑髮少年走入我盈滿感激淚水的模糊視線。諾拉讓瑞秋騎在他的肩上，一手緊握著黑色的劍柄，另一手則牽著萊昂！

雙胞胎帶著開朗的笑容拚命朝我揮手，他們是否知道在這樣的深夜，有多少人為了找他們而不得安眠？我一方面感到生氣，但看見如此開心的兩個孩子，又無奈地笑了出來。

「媽媽，二哥他……喔，哥哥在這耶！你怎麼在哭啊？」

瑞秋一句話，讓現場陷入短暫的沉默。我用手捂著臉，努力忍住嘆息，瑞秋則靈活地從諾拉肩上跳下，與萊昂爭先恐後地邊喊邊朝我飛奔而來。

「媽媽、媽媽，我們採到雪蓮囉！真的會發光耶！這是要給妳的！」

「媽媽，妳還在生氣嗎？書上說女生都喜歡花！」

我能隱約聽到傑瑞米用極為不可思議的語氣，說他們這是在「作秀」。

至於替我找回雙胞胎的諾拉，則以十分平靜的表情看著我，一點也看不出成功找到人的興奮之情。直到他父親嘆著氣開口，這樣的平靜才被打破。

「發生了這種事，你好歹要先告知我，怎麼能自行把騎士帶出去？」

「……」

「諾拉！」

「那個，公爵，意外給您添了這些麻煩，我實在不知該如何向您謝罪。我也非常感謝公子的幫忙。」

我趕緊插話打斷，公爵沒有繼續怒斥不發一語的兒子，而是轉頭看了我一眼。他搖了搖頭，稍稍放鬆緊皺的眉頭。

「您沒有造成什麼困擾，大家都平安回來就已經是萬幸了。」

「真的很謝謝您。我也非常感謝公子，若不介意的話，能不能請公子進來喝杯茶再走呢？」

幸好，這位鋼鐵公爵沒有多說什麼便同意了。於是我們一家人與年輕的公子，便平安無事地回到了別墅內。

遠遠超過就寢時間的雙胞胎，很快便一起窩在床上呼呼大睡。而大半夜展開不合時宜的採花探險，卻因為懼高症發作而動彈不得，又不知在哪摔傷手的艾利亞斯，此刻則坐在爐火旁，依舊板著一張氣呼呼的臉，一句話也不肯說。

幸好，為了以防萬一，我還是帶了些應急用的藥品來。直到我替艾利亞斯手上那小小的擦傷抹完了藥膏，他才終於願意開口說話。

「……其實我已經不記得我媽媽的臉了。」

還真是天外飛來一筆。話說回來，傑瑞米似乎也說過類似的話。我等了一下，好奇他接下來會說些什麼，艾利亞斯卻再度一言不發，於是便換我開口。

「我並不打算抹去你們對親生母親的記憶，並取代她的位置。」

「……」

「你懂嗎？我一點也不打算強迫你們這麼做，所以你不需要這麼不安。」

這還用說嗎？我是憑什麼，又怎麼會有辦法擠下真正的母親在他們心中的地位？已經過世的她，可是歷經懷胎十月之苦，才生下這群漂亮的孩子啊。況且，我曾經看過她的肖像畫，我和她可是一點相似之處也沒有，我又怎麼會有這樣的野心呢……

我忍住苦笑，蓋上藥膏的蓋子，將散落在桌上的雪蓮擺放整齊。這時，艾利亞斯又開口了。

「……但這樣也不代表妳不是我們的家人。」

我頓時愣在原地，看著眼前固執地盯著地板的少年，而後露出大大的笑容。

「我知道。」

等艾利亞斯終於也精疲力盡地睡去之後，我才離開他的臥室來到客廳，只見兩名深夜出動的少年英雄，正大喇喇地癱在沙發上打瞌睡。大半夜還得經歷這番奔波，也難怪他們會累成這樣。

未來將成為彼此宿敵的幼獅與幼狼，此時卻親暱地睡在一起，這樣的情景雖然溫暖，又帶著一絲諷刺。兩人睡著的模樣，看上去都還只是孩子……

壁爐裡，熊熊燃燒的柴火劈啪作響。我遲疑了片刻，還是拿了厚毯子來替兩人蓋上，並調整了一下他們的睡姿。不，應該說嘗試調整他們的睡姿。

「……唔呃……」

就在這時，與傑瑞米同樣一手將劍抱在懷裡便沉沉睡去的諾拉，發出了呻吟。我正打算上前，查看他是否因為深夜外出而染上風寒……

「……呃、呃呃……父親……」

「諾拉？」

「……那不是我做的，真的不是我做的……」

我瞪大了眼睛，一句話也說不出口。就在我僵在原地時，諾拉不知又夢到了什麼，竟然冒出冷汗，連呼吸都顯得急促且痛苦。他以孩子般的細小聲音不斷囈語。

「真的不是我……啊，那真的不是我做的……我真的沒有說謊，為什麼都不相信我……？」

這就是嚇到喘不過氣的感覺嗎？我想起那次在禮拜堂遇見諾拉的情景。我想起他跪坐在祭壇前黯然流淚，而不明就裡的我無法幫助他，只能找些謊言來欺騙他。在那令人髮指的聖誕宴會之後，他來找我時那副不正經的淘氣模樣，也瞬間閃過我的腦海。

我必須將他從此刻正在重新經歷的痛苦中喚醒，於是輕輕牽起他垂下的手。就在下一刻，那隻厚實的大掌一把將我抓住，少年則從沙發上驚坐而起。

「諾、諾拉？」

「……」

只見他的脖頸間布滿冷汗，浸透了領口。有那麼一瞬間，諾拉似乎弄不清自己身在何方。在黑暗中透著藍光的瞳眸，含著我從未見過的陌生陰影，緊緊盯著我。那極不尋常的眼神，令我忍不住嚥了嚥唾沫。

「諾拉，你……沒事吧？」

這之後是一陣沉默。諾拉喘著氣，盯著我看了好長一段時間，好不容易開口，說的話竟是……

「姐姐，妳沒事吧？」

……我真是不知該說些什麼。不過，現在倒是覺得諾拉比較像之前的他了。晚餐時我之所以會感到生疏，果然是因為他那些有別於過往，過度講究禮儀的舉止嗎？

在我遲疑著不知該說些什麼的時候，諾拉放開了手，看了看四周，隨後便挺身坐直。他伸手梳了梳汗濕的頭髮，對我露出微笑。那一派輕鬆的模樣，完全看不出幾分鐘前他還為惡夢所苦。

「總之，真是辛苦妳了。家裡有兩個像我這樣的傢伙，底下還有兩個吵死人的頑皮小鬼。」

……他說得也沒錯，只是，為何突然要說這些話？

「真希望他們知道自己有多幸運。我剛剛好像不知不覺就睡著了，既然醒了，現在就該離開了。」

「就是啊。」

「何必急著走呢？乾脆明天早上再回去吧……」

「不，已經給妳添很多麻煩了。」

添麻煩的似乎是我們才對。諾拉明明可以在這裡睡一晚再走，不知道他為什麼這麼急著離開。這時，匆忙起身的諾拉突然停下腳步，回頭看著我。

「對了，還有……」

「嗯？」

「那個……我想跟妳說，審判的時候啊，姐姐真的好帥氣。不是誰都能拿出那樣的勇氣。」

總覺得他的聲音，似乎比平時更加深沉。那雙與清晨空氣一般冷冽的眼眸，此刻凝視著我的雙眼。

我究竟該如何回應他這番話？我想說的話全哽在喉頭。

「謝……謝。今天的事情也很謝謝你……每次都給你添了許多麻煩。」

「這也不是多了不起的事。」

「……你會沒事的，諾拉。」

我下意識說了句不明所以的話。或許正是因為剛才目睹的情況，才讓我不自覺脫口這麼說。

「總之，我的意思是……我想以後你一定會更好，但如果你有需要我幫忙的事情，就儘管跟我說。」

他能理解我的意思嗎？諾拉瞪大雙眼，嘴角泛起一抹奇異的微笑。那笑容看上去有些成熟，卻又帶著一絲銳意，實在令人看不透。

「現在都沒事了。」

結束了短暫又多災多難的假期，我們終於踏上返家的路途。回程的路上，暴風雪終於停歇，陪伴我們的是陽光明媚的晴朗天氣。

「臭小子，等到家你就知道了。」

「幹嘛一直威脅我啦？事情都過去了嘛！」

「都過去了？誰說過去了？我還沒過去！」

……嗯，看來我得從現在開始祝福我們家老二一路好走了。大兒子似乎下定決心要好好教訓他，但我也不打算制止就是了，哈哈。

難得的度假反而令我們更加疲累。雙胞胎才剛上馬車便立刻睡著，而焦慮不安地緊盯著凶殘哥哥的艾利亞斯，不知何時也打起了瞌睡。

我確認完行李都確實放上馬車之後，便咬著別墅員工贈送的棒棒糖進入車廂。

「結束休假的心情如何啊，敬愛的母親？」

我拿出含在嘴裡的糖，故作冷漠地瞪了他一眼。

「好了啦，傑瑞米，不必再演戲了。一直聽你這樣喊我，我也覺得有點肉麻了。」

傑瑞米占據了窗邊的位子，眼裡閃爍著調皮的光芒。他一把搶過我手上的棒棒糖塞進自己嘴裡，咯咯笑了起來。

「也是啦，妳這個年紀就要被人當成母親來尊敬，確實是有些委屈。」

「你現在才知道嗎？」

見我用同樣挖苦的語氣回應，傑瑞米抓住我的手，將我拉到他身邊坐下。接著他哼起歌來，還來回擺動抓著我的那隻手。

「好啦，反正不論妳是媽媽、姐姐還是監護人，只要我們一家人能繼續相伴下去就好，不是吧？」

對，說得沒錯。從現在起，無論我們未來將面對什麼、又會發生什麼變數，眼下能在陪在彼此身邊才是最重要的。

無論別人怎麼說，我們都是一家人。

Interlude 某位皇子與某位聖職者

〈某位皇子〉

年幼時，也就是在他還不到十二歲時，曾在表弟家中看見一支巧奪天工的菸斗。那顯然是來自東方的工藝品，以散發七彩光芒的琉璃打造，上頭精巧地鑲著五顏六色的不知名寶石，美麗得耀眼奪目。就連還要等上好久才成年的他，都產生拿起菸斗試抽的欲望。

他當時並沒有多想。他確實生來尊貴，只要有心，所有東西都會被奉送到面前。但這支菸斗任誰都能看出有多麼貴重，他不願為了貪求這樣的禮物，而給人留下不明事理的印象。更何況對方還是他最為敬重的舅父。因此，他只是想拿來試用看看而已，他原本真的只是打算這麼做。

——凱瑟萊西曆一一一五年十二月二十七日，值得被吟遊詩人譜成戲曲的審判法庭當晚。

「皇太子殿下……？」

侍從們小心翼翼察言觀色的模樣，今日格外惱人。但一想到剛才的事，便也不意外他們的反應。西奧博爾德一如既往，以溫柔的笑容屏退這群憂心忡忡的侍從。現在，他需要獨處的時間。

任誰都能一眼看出，此刻的他心亂如麻。他險些對帝國第一寡婦出手的汙名就要傳開，現在又有了被年僅十四歲的侯爵之子打到不能還手的可恥誤會。雪上加霜的是，這場審判以還是對皇室極為不利的方式畫下句點。

即便如此，此刻占據十七歲皇太子腦海的想法，卻與這些問題不屬於同一層級。現下的他，對前面所述的種種可說是毫不在乎。

迴廊上，厚重的紫色天鵝絨布幔垂掛，這一度是他鮮少注意的地方。記得小時候他很偶爾、很偶爾才會到訪此地，如今進出卻十分頻繁。

一幅又一幅的肖像畫掛在華麗的牆面上，他視線所停留的始終只有一處，也就是他那已亡故的生母——前皇后盧多薇卡的肖像。

「呼……」

已不記得母親臉孔這句話，只有一半是真的。畢竟只要他想，隨時都能來這裡看看亡故的母親是什麼模樣。

與他那有些陰沉的表情形成對比，肖像畫中的女子帶著明朗的笑容。繪製這幅畫像期間，畫工不知得傾注多少心血，才能讓每一根帶了淺紫的銀白髮絲，以及那雙彷彿含著星光的明亮檸檬黃眼眸都栩栩如生。

畫中女子的髮色與瞳色，和侯爵家的女家主截然不同，唯有長相驚人地相似。他的父親與舅父會如此寬待那位年輕的侯爵夫人，也不是沒有道理。

一度他也感到疑惑，曾深愛盧多薇卡的皇帝，為何會對她所生下的孩子這般漠不關心。當然，這樣的疑問早已是幼時的回憶，如今已不再困擾著他。一如在外人眼中，他的繼母伊莉莎白皇后看似能為他赴湯蹈火，實際上卻更疼愛親生兒子雷特蘭皇子的事實。

無論他們內心深處的真實想法為何，他所關心的都只有對外顯露出的表象。那些不會說出口、不會以行動表示的心思，究竟有什麼用處可言？

對他來說，他人的真心一點都不重要。真正重要的，只有人們多麼以他為尊。他能驕傲地說，他一直以來便是憑藉著這樣的觀念，才能過上如此滿足的人生。

即便如此……即便如此，當下這一刻，西奧博爾德心中仍燃起了此生頭一遭對真心的渴望。

畫像中他的生母，與稍早顛覆法庭的女子有著十分相似的外貌。不過，盧多薇卡卻從未展現出與那名女子相同的一面。不，或許應該說沒有機會展現比較正確，畢竟她早已不在人世。

坦白說，起初他只是被對方的外貌引起興趣。年輕的侯爵夫人美貌出眾，以至於各界都在議論，不明白死去的諾伊凡斯坦侯爵，為何一把年紀了才做出如此有失體面的舉動。

但先不提那獨特的美貌，西奧博爾德最初只是被她與母親極為相似的外表吸引。在觀察她的過程中，看著她與侯爵家的孩子相處的模樣，西奧博爾德逐漸對她產生好奇。準確地說，是對她對待那些孩子的態度感到好奇。

這名才剛舉行成年儀式的女子，究竟為何能以一雙飽含真情的眼睛，面對這群年紀與自己相仿的繼子？那眼神絕對不是表面工夫。西奧博爾德敢保證，若真有半分虛偽，他絕不可能漏看。

沒錯，那樣的她刺激了他的好奇心，使他動不動便造訪侯爵府。而就在侯爵的長子臥病在床的某天，他一如既往地登門拜訪，卻不小心睡著了。那如夢囈一般的甜美搖籃曲，使他的欲望悄悄萌芽。一如年幼時，他因為渴望獨占舅父的愛而惹事。

但即便有這番心思，也不能說他對其他孩子心懷惡意，或刻意設計陷害他們。如同左撇子天生便會使用左手一樣，那也不過是他與生俱來的本能。

十二歲的他到舅父家遊玩時，之所以會對那支華美的菸斗出手，也並非事前預謀的行動。那個年紀的少年普遍都渴望模仿大人，他也不過是其中之一罷了。

只是，從未把玩過的菸斗對他來說無比陌生，他笨手笨腳地填入菸草，抽了幾口，菸斗便掉落在地。那不過是個意外，並不是他有意為之。偏偏大人在這時出現、偏偏他年幼的表弟就在附近玩耍，這一切的一切，都不在他的意料之內。

他只是依循本能行動。比起被認定專挑不能做的事去做、被人貼上不懂事的標籤，把一切責任推給一旁的年幼表弟要簡單許多。

不過似乎也是從這時開始，他領悟到將愛惹麻煩的形象轉嫁給他人，讓身旁多一個眾人認定的壞蛋，對自己會多麼有利。

意外的是，許多人不明白只要堅持扮演穩重善良的犧牲者，便能讓自己更加耀眼。而他只是想獨占所有人的關愛，這樣的行為能有多壞？與世上眾多罪惡相比，這可說是一點錯也沒有。

更何況他可是皇太子。身為將來要登上皇位之人，想得到更多人的仰慕何錯之有？

這樣的事件一再發生，最終使他那沒有血緣的表弟，成了人們心中無可救藥的搗蛋鬼。結果也頗具成效，他的名聲果然在表弟的襯托下變得更加崇高。

因此，一直以來，他從未對自己的處世之道產生任何懷疑，直到今天為止。

這種情況實在罕見。就連他的繼母、他敬愛的舅父，都如此輕易地落入他的圈套。無論那些人心底的真正想法是什麼，他們確實都為了他而背棄自己的孩子。

但為何今天那個女人，卻以超乎他想像的方法，狠狠賞了包括他在內的所有人一記回馬槍？

西奧博爾德薄唇微啟，輕嘆了一口氣。

「糟了……」

他原本並沒有打算陷得這麼深，只是希望自己能像一直以來備受關注與優待那樣，成為對方心中的第一順位。

……現在竟開始貪求她的真心了。

她的堅定奉獻與愛護，以及不惜揭露貴族夫人最致命的閨房之密，也要保護愚昧少年的那顆心，這一切的一切他都無法理解，但如果全是向著他的，不知會有多麼令人悸動。若是能得到這一切，他會不會再也別無所求？

他並非毫無希望。首先，她對他並沒有心懷怨恨，因此他們的關係還不算徹底破滅。

……只是，從現在起，似乎得稍稍改變一下做法。

而西奧博爾德總會找到辦法，他一向都能如願以償。

〈某位聖職者〉

「苦行之間」是聖職者向神告解自身罪孽，並鞭策自身的場所。

此處的鞭策並非只是比喻，而是字面意義上的執鞭揮打。因此，實際上幾乎沒有聖職者會認真執行苦行，大多都以朝牆壁甩鞭子作為替代。世上真心投身聖職之人並不多，何必非得承受這種痛苦不可？

當然，任何地方都存在少數的例外，比方說那位被稱為「沉默之鐘」的年輕樞機主教。意外的是，越是年輕，反而越會盲目地執著於聖職的身分。

執意承受他人不惜以蒙混來逃避的痛苦，首要的原因在於尋求心靈平靜，次要目的則是希望以肉體的痛苦換取聲望。

「主教閣下……」

「已經四個小時了。」

「呼，他可真是罕見的信仰堅定之人……」

不過，今日的沉默之鐘——黎希留樞機主教雖然將自己關在苦行之間，卻不像平時那樣自殘。即便已經是第四個小時毫無動靜，外頭的人依舊悄聲表達憂慮與感嘆，這都多虧了他平時一板一眼的虔誠所累積出的形象。

那麼，沉默之鐘此刻究竟在做些什麼？

即便是苦行之間，在最為嚴寒的季節依然通融升起壁爐，這是中央修道院的從未言明的默契。

二十一歲的年輕樞機主教，已經在此枯坐數個鐘頭，只是望著熊熊燃燒的爐火。只有在見到火焰快要熄滅時，他才會略動一動，將堆在一旁的柴火扔入火堆。除此之外，他可說是文風不動。

巨大的壁爐裡，橘紅火焰搖曳舞動。左右兩側立著真人大小的聖父聖母像，表情莊嚴肅穆，正凝視著他。溫暖的火光照亮樞機主教的臉龐，那是張極為俊逸的面容。

在明亮的茶棕色髮絲之下，那雙眼睛顯得異常漆黑，給人留下幽森的印象。比起顏色，更多是來自那漆黑之中閃現的幽森瘋狂。怪不得連年紀大上許多的樞機主教前輩，在面對他時都得像面對教皇那樣小心翼翼。

若要問黎希留樞機主教是怎樣的人，可以簡單地這麼介紹。

他出生在伯爵之家，是五兄弟中的老么。自六歲投身聖職至今，這段漫長歲月他持續鞭策自我，成為沒有一絲汙點的信徒。與其他裝出虔誠形象，私下卻墮落享樂的聖職者相比，他幾乎可說是完美無瑕。甚至讓人深信，即便首都所有聖職者都遭地獄之火吞噬，他仍然能夠倖免於難。

對黎希留樞機主教而言，世上唯一的真理便是聖書。他遵從每一條苛刻的教義，堅持清貧，誓言保持純潔，從不曾對信仰產生懷疑。

偶爾，只有在極少數的時刻，不夠完美的肉身欲望會看準時機襲來，彷彿張著大嘴要將他吞噬的惡魔，但他仍徹頭徹尾地節制自我。

無論見到再美的女子、無論目睹多淫亂的聖職者宴會，他都不曾降伏於肉身的欲望。此刻矗立於面前的聖父聖母可見證他的無愧於心。

只是……

那雙漆黑瞳眸凝視著單手懷抱天使嬰兒的聖母像，有那麼一瞬間，眼底閃過了一絲波動，那是幾近於憤怒的激情火花。

憤怒，或者該說怨恨，也許更該稱之為絕望。

無論如何徹夜禱告、無論如何告解自身的罪惡並堅持苦行，那埋入他內心的罪惡種子卻絲毫沒有消失的徵兆，反倒是以更快的速度堅毅地萌芽。

綜觀帝國上下，沒有人的信仰比他更虔誠，聖母肯定比誰都清楚。只是……為何要以這種方式對他進行考驗？為何就連那飛竄的火舌，看在他眼裡都有如她的髮色一般溫柔？

黎希留樞機主教第一次見到諾伊凡斯坦夫人，約莫是在兩年前。她與丈夫一同前來禱告，那時她不過十四歲，但看在黎希留眼裡，卻比教皇的情婦葉卡捷琳娜更為美麗奪目。

總之，他無法將視線從侯爵身旁那名妖精般的少女身上移開，他對這樣的自己感到無比驚恐。他深信這是神對他軟弱肉體的考驗，便立即飛奔前往禱告室，將自己關在裡頭，花上大半天的時間贖罪。沒過多久，他便遺忘了她的模樣。

不，該說是直到她與丈夫死別並成為侯爵家臨時家主，黎希留於議會再次見到她之前，他都以為自己已經忘了她。

想起出落得比初次見面之時要更加迷人的她，黎希留漆黑的雙眸中搖曳起與方才截然不同的火焰。若早前的火光是對神的憤怒與埋怨，那麼此刻所燃起的，便是對一個人最深沉的憎恨與渴望。

這不僅是他的問題，至少在他眼中是如此。不光是出席議會的其他樞機主教，就連其餘對她的出席不甚滿意的貴族家主，也都無法將視線從她身上挪開。

這是多麼可笑又諷刺的光景。假使她不是寡婦，而是甫踏入社交界的貴族小姐，她肯定能轟動整個上流社會，掀起一場爭奪的腥風血雨。畢竟連身為寡婦都能造成如此影響，若沒了這層身分，那自然更不在話下。

即使一再堅定決心要徹底忽視她，他卻沒有一次能將視線從她身上挪開。即便黎希留不斷提醒自己，她是要來毀滅他的惡魔，但無論是用餐、禱告、讀聖書、告解，甚至連苦行時，他眼前都是她朦朧的身影。

那水波般蕩漾的粉色秀髮、明亮的草綠色眼眸、如翻糖玩偶般精雕細琢的甜美臉孔、如鴿子展翅般的優雅身段，無一不如影隨形，沒有一刻放過他。

是不是為了使他的目光離開永恆不滅的信仰，惡魔才會化為她的模樣現身？若不是惡魔，有誰能在他心中注入這樣的想望？

不知不覺間，他開始有了無比危險的念頭。即便是一次也好，若能以指尖輕撫她的髮梢，那他願意放棄自己所擁有的一切。

就在此時，西奧博爾德皇太子看似對她產生了興趣。他從來不曾喜歡過這名表裡不一的皇帝之子，但唯有這次，他深感自己必須拯救被魔女蠱惑的皇太子。

……不，他只是努力如此洗腦自己而已。他不斷告訴自己，那不是出自庸俗的嫉妒，身為神的僕從，拯救帝國的繼承人便是他的使命。

她還不如隨便與些庸俗匹夫眉來眼去，做些更像魔女的行徑，黎希留或許還能冷眼看待這一切。偏偏對象是皇太子，是那個天生就貴不可言的皇太子，地位遠勝他這個獲得教皇信賴的年輕樞機主教。

他無法對此視而不見，也是因此，才會找上那名他始終看不順眼的俊秀金髮少年，才會將可能會鬧出大事的線索，丟給成天嘻皮笑臉地黏在她身旁的那頭幼獅。

只是……惡魔怎會比人類更加強大？怎能以超乎人類想像的方式攏絡他人的靈魂？怎能在人前擺出那副神聖又高潔的形象？

今日舉行的審判上，那名女子所做出的行動，徹底超出了他的想像。

任憑世上哪一個女人，更別說是年紀尚輕的繼室，都不可能為了守護前妻留下的孩子，在世人面前做出那般大膽的舉動。

聖書所言不假，惡魔確實會以人類意想不到的姿態現身，試圖蠱惑人心。誰能想像得到，為了守護一名少年的未來，竟會有惡魔去求取純潔神女的證明？

他無法相信她今日的行徑，都是出自於純粹的愛與母性。坐在被告席上的少年，是和她僅有兩歲之差的下任侯爵。黎希留無法相信他們之間的關係，真的如表面所見的純潔無瑕。

多虧了今日之事，她未來將會更受世人關注。她的純潔幾乎已經得到認證，皇太子可能將會更加肆無忌憚。而侯爵府的那名少年，自然也會更盲目地追隨著她。

壁爐裡熊熊燃燒的火焰，猛然一看像極了地獄之火，那只是他的錯覺嗎？

他的手使勁握著安放於膝上的聖珠，那力道不知有多麼強勁，連手背上的血管都清晰可見。

不同於世人的誤解，黎希留樞機主教對信仰之外的世俗權力，可說是漠不關心。教皇的信任、其他聖職者的評價，不過只是隨著他堅定信仰而來的附屬品。至少到今天為止是如此。

他壓抑自己的情緒，輕輕嘆了口氣。那聽起來近乎痛苦的呻吟。

聖父啊，請憐憫我們；聖母啊，請憐憫我們……

彷彿被逼至懸崖峭壁邊緣的他，如今能做的選擇只有兩個：徹底沉迷，或徹底破壞。

除此之外別無他法。

Chapter 6 那年夏天 I

厚實的木造牆壁後方不斷傳來單調聲響，頻率十分穩定。除了咚咚咚的噪音之外，還以相同間隔傳出反覆的呻吟。

如今，瑞秋・馮・諾伊凡斯坦已不再對這種事大驚小怪。這位今年春天就滿十四歲的侯爵家小姐，正屏氣凝神地傾聽牆後的動靜，同時奮力朝上方的窗戶伸長手。

砰！

……總算成功了。她以小巧的拳頭用力敲打窗戶，隨後收回手屏息以待。裡頭的噪音隨著她的動作戛然而止，接著……

「……走開啦，瑞秋妳又來了！」

咚咚咚咚！

不理會牆後響起的凌亂腳步聲，金髮少女吐著舌頭，噠噠噠地跑走了。她跑過又窄又陡的階梯，就在快要抵達滿是初夏綠蔭的庭園時，後方傳來意料中的怒吼。

「妳這小東西，怎麼會有這種愛偷窺的興趣啊?!想往哪跑！」

「誰偷窺啊！是你實在太糟糕了，我希望你能克制一下自己，才會去妨礙你好不好！你這次又是看上了哪一家的小姐？」

「關妳屁事啊？」

神情尷尬、臉色與髮色一樣通紅的少年，為了逮住自己唯一的妹妹而四處亂竄。這時，躲在倉庫裡的貴族小姐也趕緊穿上衣服跑了出來。

這場驚險刺激的鬼抓人遊戲終於在少女被少年逮住後結束，夏日的晴空下立即炸開震耳欲聾的吼聲。

「放開我！放開！你身上有老男人的味道！走開！」

「臭丫頭，妳剛剛說什麼?!妳一開始就不該來打擾我！」

「我只是覺得神奇嘛，真的很神奇！你那張臉，到底怎麼有辦法勾引到女生？」

即便少年有著傾國傾城的俊美容貌，但在一起長大的手足眼裡卻連人都算不上。艾利亞斯考慮著是否該為自己出類拔萃的五官展開長篇大論的辯護，但最後決定還是算了。他放開了妹妹，氣喘吁吁地跌坐在草坪上。瑞秋同樣也喘著氣，在他面前坐了下來。

「媽媽聽到肯定會暈過去。」

「妳既然這麼擔心她，還一天到晚去告狀？」

「我沒告狀好嗎！就算我不說，她也一定知道。媽媽說你以前不會這樣，現在變得很奇怪。」

「以前？她拿我還是小鬼的時候和現在比嗎？」

艾利亞斯低聲嘟囔著，輕輕甩動腦後那束紅色馬尾。

瑞秋心想，他就是這樣才會被形容成一匹馬。接著她又想到，現在是時候說出她原本的目的，告訴這個大白天就躲進倉庫幹些害臊勾當的二哥，她究竟為何要親自來找他。

「明天是媽媽的生日，我們得討論一下該怎麼辦吧？」

「我們之中只有妳跟萊昂有長腦，你們討論一下就可以了吧？」

「吼！萊昂說要集思廣益，想一些別出心裁的創意啦，你就沒有什麼好點子嗎？」

好點子啊……艾利亞斯搔了搔頭，發出苦惱的聲音。要怎樣才算是別出心裁的驚喜？

「那哥怎麼說？」

「我還沒問，等他回來再去問問他的意見。」

「那妳去找他討論吧，我一點想法也沒有。」

「你好歹是名滿天下的花花公子耶，怎麼會連這一點小聰明都沒有？」

「哈！我什麼都沒做就很受歡迎了好不好！就算不送什麼雞毛蒜皮的禮物、不去搞什麼麻煩的驚喜，女生也會自動送上門來！」

還真是充滿自信的一番言論啊。傑瑞米如果在場，絕對會痛揍他一拳，要他「少在那囂張」。艾利亞斯的反應讓瑞秋無言以對，只能大聲嘆氣。

「以後要跟你結婚的女生真的好可憐，絕對撐不過一年就會跑掉。」

「擔心妳自己啦，妳這隻豬！」

「我怎麼會是豬？我哪裡像豬了？你才是胡蘿蔔！根本一點用處也沒有！」

「喂，我只是不跟妳計較而已喔，妳對哥哥說話會不會太過分了？」

「哪裡過分？我又沒說錯！你最好搞清楚，你的存在本身，對我和萊昂的情緒發展就是最大的危害！」

「危害？有我這麼帥氣的哥哥，你們應該要懂得感激才對！」

見艾利亞斯用手拍了拍胸膛，一副自信滿滿的模樣，瑞秋只能無奈地搖頭，她根本不該對這個人抱有期待。

「是我的錯，不該期待二哥多少能展現一點有長腦的樣子。」

突然插言的悲壯語調，來自一名與傑瑞米十三歲的模樣極為神似，但更為纖瘦、知性的少年——萊昂．馮．諾伊凡斯坦，瑞秋則連連點頭。

「沒錯，還記得二哥去年送了什麼生日禮物給媽媽嗎？」

「怎麼可能忘記啊？那太可怕了！」

光是想起那天的事，雙胞胎就忍不住發抖。

「你怎麼會送那種倒盡胃口的玩偶給媽媽那樣的成熟女性啊？」

「媽媽是心地太善良才沒有表現出來，但你怎麼會連這點道理都不懂？我們四兄妹之中，果然只有我們兩個的腦袋靠得住。」

「沒錯、沒錯。」

雙胞胎吹噓著自身的聰明才智，接著一起陷入沉思。當其他人還在傻愣愣地眨眼，他們就得開始動腦思考，這便是身為智者的宿命。

可能是因為與萊昂一起深思熟慮到深夜，瑞秋遲遲沒有睡意。

這混蛋大哥，到底什麼時候才要回來？瑞秋一邊在心裡咒罵，一邊溜出自己的臥房，悄悄走下黑暗籠罩的階梯。

其實她若是需要什麼，只需要拉一下床邊的鈴繩，呼喚家中的僕人就好，但此刻的她並不是為了吃喝而溜出房間。那雙翡翠綠的眼眸大大睜著，在暗夜之中透出一絲擔憂。

「今晚該不會又來了吧……」

幸好，她擔憂的情況並沒有發生，宅邸一樓與後院都空無一人。但為了以防萬一，瑞秋還是仔細地四處查看。

每晚到了此時，一道蒼白單薄的身形便會現身於黑暗之中，有如粉色人偶般在宅邸內徘徊。瑞秋圓潤飽滿的玫瑰色唇瓣輕啟，安心地呼了口氣。幸好，今晚看起來應該沒事。

第一次目睹時，瑞秋簡直嚇壞了。身為他們監護人的那名女子，竟在半夜離開臥房，穿著睡裙在宅邸內四處走動。

那一晚，瑞秋聽見女僕長低聲呼喚的聲音，於是出來查看。起初瑞秋還以為舒莉是在夜間散步，可是喊了幾聲她都沒有回頭，只是自顧自地遊蕩，瑞秋這才意識到不對勁。這位能在深夜中讓勇猛騎士嚇破膽的罪魁禍首，正以沉睡的狀態在宅邸裡徘徊。

瑞秋隔天稍稍試探了舒莉，舒莉卻完全不記得這件事。以防萬一，瑞秋叮囑騎士，要是再出現這種狀況就通知她。而接下來這段時日，瑞秋只覺得自己的決定真是對極了，畢竟這並不只是單一的偶發事件。

據醫生所說，舒莉這樣的症狀是一種名為夢遊的疾病。當然，醫生是瑞秋與其他幾個兄弟背著當事人私下請來的，還要求騎士與傭人守口如瓶。兄妹四人都認為，要是舒莉得知自己半夜會在睡夢中起來四處徘徊，肯定會覺得很沒面子。

「唉……！」

瑞秋放下心來，正想走回臥室，下一刻卻被嚇得差點驚叫出聲。

「……嚇死我了！你是想害死我嗎？」

那道穿著外出服坐在昏暗大廳沙發上的人影，正是她的大哥。不知他是何時回來的，更不知他是從何時開始便坐在那。寬大的肩膀上掛著華麗的肩章，腰間的刀鞘與他的髮色一樣，都是光彩奪目的金黃。

「舒莉呢？」

「她今天好像睡得很熟。怎麼了，你就這麼想媽媽喔？」

「這是當然的吧？」

沒把差點嚇死瑞秋當一回事，傑瑞米漫不經心地答道。瑞秋有些嫌棄地嘖了一聲，大步走向姿態有如獅子蹲伏在黑暗之中的哥哥。

「你想好要送媽媽什麼生日禮物了嗎?這是她二十歲之前的最後一個生日,應該要有點特別的表示吧?」

「你們有什麼計畫?」

「二哥就還是那樣,說他沒腦想不出來。至於我和萊昂……我要送畫,萊昂說要寫信。」

「哈,那就是你們想到的特別表示嗎?」

「那你呢?」

瑞秋氣呼呼地反問。傑瑞米一派輕鬆地聳了聳肩,輕笑著雙手抱胸。

「在建國紀念慶典的劍術大會上獲得優勝,就是我能給出的最佳禮物。」

「多麼好的主意呀,到時她的生日早就過了!那還算什麼生日禮物?」

「妳不要像隻小鴨一樣呱呱叫,我現在不就是在請我最有智慧的妹妹提供建議嗎?妳覺得是項鍊好,還是耳環好?」

瑞秋沒有用「哥哥的腦筋怎麼突然會轉彎了」來挖苦傑瑞米,而是立即答道:

「當然是項鍊。不是有人害媽媽都不能把頭髮挽起來嗎?所以如果想要特別一點,那就是項鍊。」

「妳還真是慧眼獨具。所以那個『有人』一點想法也沒有嗎？」

「對啊。不問也知道，他那顆腦袋肯定只想著要去勾引哪家的小姐。你去說說他啦。」

聽見妹妹用帶點撒嬌的語氣向自己告狀，傑瑞米沒有猶豫，立刻認真地點頭。

「知道了，作為妳幫我解決困擾的報答，我會親自去教訓那傢伙。」

這下可好看了！瑞秋完全不同情一點忙也幫不上的二哥，先是露出滿意的笑容，隨後又忍不住嘆了口氣。傑瑞米有些疑惑地看著她。

「怎麼突然嘆氣？」

「……沒有啦。只是看到你這麼高大，就忍不住在想，我們明明都是吃一樣的東西長大，怎麼會差這麼多。」

「我已經十七歲了，小鬼，妳和萊昂還差得遠呢。」

即使瑞秋對自己的身材不滿意，但與同齡的貴族小姐相比，她的身高已經相當突出了。現在的瑞秋已經幾乎要與他們的監護人比肩，雖然原因可能是出在舒莉身上。

「話是這麼說沒錯……但到底要怎麼吃，才有辦法像你這樣全身都是硬邦邦的肌肉？」

「妳該不會想變得跟我一樣吧？妳的目標不應該是我，而是我們美麗的母親才對。」

「我根本不想變得跟你一樣好不好！話說回來，你都沒有交往的對象喔？不對，你都不想找人來交往喔？」

「妳希望我像艾利亞斯那樣嗎？」

「才沒有，可是其他女生一直纏著我，要我介紹你給她們認識。」

「如果我是妳，親愛的妹妹，比起問哥哥想不想找對象，還是問哥哥身邊有沒有值得介紹的帥氣朋友才更……」

正在挖苦妹妹的傑瑞米，說到一半卻突然停住。瑞秋正想問他怎麼了，只見傑瑞米舉起一隻手，示意她安靜。

「哥？」

「噓……又來了。」

什麼？瑞秋連忙轉頭。只見不遠處，一道穿著輕薄睡裙的纖細人影，赤足緩緩走下階梯。透過窗戶照進屋內的月光，將那頭垂散的粉色長髮染成一片銀白。

「如果她從上面跌下來……」

才聽見瑞秋焦急的耳語，傑瑞米立刻安靜地起身。兩兄妹小心翼翼靠近的同時，那位半夜出來散步的女子也一手扶著欄杆，一步一步走下階梯。明亮的月光營造出無比夢幻的氛圍，將舒莉化身為一尊會動的琉璃玩偶。

沉浸在睡夢中的她，究竟如何能這樣正常行走，這實在令人難以置信。

「哥……」

「叫妳安靜。」

傑瑞米輕聲喝止不停出聲的妹妹，接著緩緩走到女子身旁，靜靜看著皎潔月光下的精緻側臉。不出所料，舒莉的眼神十分渙散。

他小心翼翼抬起手，才輕碰到舒莉的肩膀，她便立刻停下腳步，不再繼續向下走。一如兩人的預期，舒莉宛如故障的發條玩偶，站在原地動也不動。

兩兄妹迅速對視一眼，接著立即採取行動。傑瑞米一把抱起舒莉往臥房走，瑞秋則加緊腳步並肩跟上，輕輕牽起舒莉垂下的一隻手。

「要不要乾脆叫葛溫偷偷把媽媽的房門鎖上？」

「嗯……我們也不知道她到底在做什麼夢，這樣輕舉妄動，她反而做出其他危險行徑怎麼辦？」

「危險行徑？」

「她可能會從窗戶跳下去，或是撞門之類的。」

原來如此！瑞秋瞪大雙眼，她完全沒想到這種可能性。瑞秋感激地望向傑瑞米，傑瑞米正用難以形容的複雜神情，看著自己放到床上躺好的那名女子。能讓她的大哥露出這種反常的嚴肅表情，就瑞秋所知，就只有與他們這位監護人有關的事。她一方面感到有些好笑，一方面也有些感動。

「哥……媽媽最近為什麼一直這樣？她白天都很正常啊。」

「妳最常跟她黏在一起，妳來說說看為什麼吧。她最近有看起來壓力很大或很不安嗎？」

哥哥罕見地以低沉的嗓音問道。瑞秋從過去幾次的經驗得知，這種時候絕對不能嘲諷挖苦或顧左右而言他。

「我覺得她的壓力應該沒有很大……也不像有什麼不安的樣子，就是很正常。雖然偶爾會為二哥的事傷腦筋，但除此之外……」

「傷腦筋？我不在的時候，那傢伙難道闖了什麼禍？」

「不是啦，不是那樣，只是媽媽隨口說過二哥原本不是這樣的孩子，說他現在變得很奇怪。」

原本？所謂的原本，是指小時候嗎？……還是指三年前左右，舒莉曾告訴過他的夢境？傑瑞米發出沉思的低吟，深綠雙眸中透出難得一見的鄭重。她會不會又在做那個夢？真是想不透。

「哥？」

「……總之，妳也先回去睡吧。妳不是一直強調嗎？明天是很重要的日子。」

「那你呢？」

「我再觀察一下狀況就去睡。」

瑞秋乖乖點頭。換做是過去，實在無法想像她會如此聽話。他們還不到現在這麼大的時候，傑瑞米在瑞秋心裡是個難以忍受的混球。她以為比自己大四歲的頑皮哥哥肯定一輩子都是那副德性，沒想到那個無賴現在竟讓人感到如此可靠。人果然都會有所改變。

十三歲的瑞秋，正準備帶著這些對她來說有些超齡的煩惱轉身離去，又停下動作，不自覺脫口問道：

「要是被別人知道，他們會說什麼呢……？」

傑瑞米拉了張椅子到床邊，坐在那緊盯著舒莉的睡顏。他轉頭望向瑞秋，金黃色的眉輕輕蹙起。

「我們不是嚴格要求所有人不許走漏任何風聲嗎？即使消息真的走漏，別人的閒言碎語也一點都不重要吧？」

「雖然不重要，但媽媽會難過啊。」

說得對！傑瑞米從沒想過這點，此刻他驚訝得張大了嘴。他這個妹妹，偶爾會用這種方式點出他意識不到的關鍵。果然，他們四兄妹的聰明才智，全都集中在這對雙胞胎身上了。

「哥。」

「怎樣？」

瑞秋遲疑了片刻，隨後莞爾一笑，說道：

「要是有誰敢欺負媽媽，你要把他們都除掉。」

「這不是廢話嗎？」

「要像你常講的那樣，把他們的腿統統折斷。」

「知道了。」

俗話說人是適應的動物。雖然不知道是誰說的，但這番獨到見解實在令人佩服。

我，舒莉．馮．諾伊凡斯坦，經歷神奇的時光倒轉回到過去，至今已邁入第三年。而我似乎也逐漸習慣這個與記憶中的過去有諸多相似，卻又有諸多不同的現實。若非如此，我怎麼會一早便在這哀嘆歲月流逝的速度之快？

「祝您十九歲生日快樂，夫人！」

「這是滿二十歲前的最後一個生日了，媽媽，生日快樂！」

……是啊，從今天起，我就滿十九歲了。我實在不敢相信，畢竟我可是擁有到二十三歲之前的記憶呢。

總之，一大早，我們家最忠誠的騎士與僕人便和樂融融地齊聚一堂，以撼動整座宅邸的合唱為我慶生。而不知何時抽高長大的雙胞胎，則推著出現在結婚典禮上也不意外的巨大五層蛋糕出現，那乖巧的模樣實在是難能可貴。

「哇哈哈哈，生日這天就是要挨生日拳！」

「啊——！二哥！你到底在幹嘛?!蛋糕還要放到晚上耶！」

「哥，你真的很沒品耶！」

……不顧廚師與廚房助手們一大清早便動工準備的辛勞，艾利亞斯極度失禮地徒手挖下一坨雪白的蛋糕，直接朝我扔了過來，而我決定無視他的舉動。

趁瑞秋用她小巧的拳頭毫不留情地搥打艾利亞斯的背，我抓緊機會一一向所有人道謝。

咳，如果將此刻感受到的情緒更具體地說出口，我可能會立刻哭出來！最近經常夢到過去的事，令我心神不寧，情緒也有些低迷，沒想到孩子們竟然能讓我看見如此乖巧的一面！

「生日快樂，媽媽！禮物等晚餐的時候再給妳！」

我可愛的女兒雙眼閃閃發光，像是在說要我好好期待禮物。我當然會期待！

「哇哈哈，臭小鬼們準備的禮物都不夠看啦！要說本大爺我嘛……」

「二哥，你該不會又像去年一樣，拿了什麼超可怕的玩偶回來吧？」

「喂，什麼可怕！你知道那個有多難買嗎？你這不懂事的小短腿！」

那隻和人一樣大的兔子玩偶真的有那麼珍貴？一想起去年生日時艾利亞斯趾高氣昂地背回來的巨大兔子玩偶，我便忍不住發出痛苦的呻吟。雖然玩偶非常柔軟，睡覺時抱著確實很舒服，但一想到我的年紀，就覺得……！

「我是短腿?!那哥你又多……」

「就是因為你腿短，所以才叫短腿啊！你想跟我一樣有一雙長腿，至少還要等十年啦！你……呃啊啊！」

啪！

響亮的撞擊聲響起。後腦杓冷不防被用力一拍的艾利亞斯，跳著腳哀哀叫了起來。只見萊昂的嘴角勾起一抹幸災樂禍的嘲笑。

「呃啊……幹嘛一大早就隨便亂打人啦?!」

「是啊，誰叫你要站在這擋路呢？」

傑瑞米坐到餐桌邊，用手撥了撥自己濕漉漉的金髮。他明明能直接說他就是想動手，卻硬是要將責任轉嫁到艾利亞斯身上。傑瑞米不再理會弟弟，轉向坐在對面的我露出微笑。

「滿十九歲的感覺怎麼樣？」

「嗯，我不告訴你。」

「真是的，也太小氣了吧？話說回來，那個蛋糕大到可以把妳塞進去耶，妳覺得怎麼樣？」

是什麼東西怎麼樣……？

事情在電光石火之間發生。我才剛想通他這句話的意思，還來不及起身逃離現場，傑瑞米那雙翡翠般的眼睛便閃起邪惡的光芒，朝我步步逼近。

「呀啊——！你在做什麼？不要！快住手！」

「噗哈哈哈！哥，你怎麼會想到要這樣做啦？」

「真是的，怎麼連大哥都這樣?!那是晚餐的時候要吃的啦！」

絲毫不理會我與瑞秋先後發出的悲鳴，傑瑞米輕輕鬆鬆地一手將我抬起，直接拋向巨大的蛋糕！神啊！

兵荒馬亂之中，只見一旁那些耿直的騎士全都滿臉糾結，像是在猶豫要不要上前制止這一切。我決定假裝沒有看見。唉，他們又有什麼辦法能阻止這隻凶惡的獅子呢？

「嘔、呸呸！你們這幾個傢伙……！」

我渾身沾滿了奶油，嘴裡塞滿了甜膩的蛋糕，正當我毫無形象地將吞不下去的蛋糕吐出來時，傑瑞米與艾利亞斯全都抱著肚子笑個不停，甚至連萊昂都在努力壓抑笑意。嗚嗚，唯一有常識的人，果然就只有我的寶貝女兒！

「哥，你們真的沒救了耶！」

「怎樣，妳也要試試看嗎？」

「呀啊！不要碰我！」

「你們、呸、覺得這樣很有趣嗎？」

啪！

我奮力扔出去的奶油，不偏不倚落在傑瑞米的肩上，這也成為了開戰訊號。

最後，認真勤奮的廚師與廚房傭人費盡心血特製的五層蛋糕，就成了我們嘻笑打鬧的玩具。我和四個孩子渾身沾滿奶油展開一場大戰時，一旁本來就容易擔心受怕的傭人們，全都掛著快要昏倒的神情，愣在原地與騎士們面面相覷。

我從頭到腳、甚至連髮尾都浸滿了奶油，為了全部洗乾淨，只好花比平常更久的時間沐浴。葛溫咂著舌替我梳頭，銳利的眼神令我有些害怕。

咳咳，我也完全沒料到，自己竟然會做出這種幼稚的行徑……

叩叩。

整裝完畢後，我獨自站在鏡前查看身上外出用的藍色禮服，這時一陣敲門聲響起。我沒有轉頭，直接揚聲道：

「現在是時候承認自己輸了吧？」

「我哪有不認輸，贏家就該來領自己的戰利品吧？」

戰利品？我瞇起雙眼，藉由鏡面看向身後的門口，心想肯定又是不知哪來的玩具，沒想到眼前的畫面卻讓我愣了愣。

「這究竟……」

「祝小鬼媽媽十九歲生日快樂，妳以後也要繼續這樣健健康康。」

傑瑞米臉上滿是戲謔，寬大的右手正拿著一條項鍊。

項鍊並不是什麼稀有的東西，但我從來不曾看過這麼華麗的項鍊。若細數那些經過精細加工，密密麻麻地鑲嵌其上的淡綠色寶石，想必高達上百顆。與其說是項鍊，那更像一條寶石領巾。我的天啊。

「比起翡翠，我認為妳的眼睛顏色更適合橄欖石。」

橄欖石……話說回來，剛好就是在今年的建國紀念慶典上，這小子買了一枚橄欖石胸針送給我。當時我完全不懂他為何要送我禮物，沒多說什麼便收下了，現在想來，有別於眼前這份在適當時機送出的大禮，那似乎是一份遲來的生日禮物。

我張著嘴，卻不知該說些什麼。這時，傑瑞米捧著那條項鍊走到我身後。看著鏡中的倒影，我不禁開始思考，這孩子是什麼時候長得這麼大了？

雖然這是早就知道的事，但這樣站在一起，我才深刻感受到我們兩人的身形差距有多大。是我太矮小了嗎？大自然真是不公平。

「聽說晚上把這個放在枕頭下睡覺，還能幫妳驅趕惡夢。」

喔，是這樣嗎？正好我最近老是睡不安穩呢。我趕緊甩開多餘的想法，一手將披散的長髮挽起。幸好，這條光彩奪目的華麗項鍊，與我身上的禮服十分相襯。

「謝謝……你。不過，你是從哪找來這條項鍊的？」

「妳怕我是偷來的嗎？如果我說是在草原上獵到的，妳會相信嗎？」

唔，總覺得如果是這傢伙，似乎不是不可能。但他這番話的意思，是要我相信草原上能憑空長出這樣一條項鍊。居然敢開這種荒唐的玩笑，這傢伙已經有些目中無人了。

這幾年來，依然有些地方與我記得的過往相去不遠。例如傑瑞米在前年受封為騎士，去年則參與討伐那個名為無名旗幟的盜賊團等。兩名年僅十六的少年竟然在討伐中表現得如此出色，連正規軍的總司令官都刮目相看。

當然，不同之處更多。

首先，過去的艾利亞斯，可沒有現在這樣好色。真不知他究竟是像到了誰，才會養成這種習慣，整座首都幾乎找不到他沒出手過的貴族小姐！

更糟的是，他也不與人家好聚好散。前不久才有某位小姐的哥哥衝來我們家找艾利亞斯決鬥，一想到這些我就頭痛！

傑瑞米身上也有不少改變。首先，與他形影不離的人不一樣了。原本他總是與西奧博爾德皇太子同進同出，但現在……

「我敬愛的夫人，我已經不知說了多少次，妳的問題就是實在太愛操心了。」

身後傳來的聲音無比爽朗，瞬間將我拉回現實。不過，對於剛才想的那些事，我也沒有憂慮到寢食難安就是了。

「這不是對夫人丟擲蛋糕的傢伙該說的話吧？」

「妳不是也玩得很開心，何必這麼計較？話說回來，妳要去哪？」

「我要去見皇后陛下，她突然邀請我去喝茶。」

「什麼？兩位的關係竟然如此融洽，那女人可是差點就要了我的手臂耶。」

「我們的關係才不融洽好嗎？而且你的手臂也平安無事。我看現在就連皇帝陛下，恐怕都無法覬覦你的手臂了。」

說實話，現在有誰敢隨便盯上這傢伙的手臂……？當時若沒有用那個方法保住他的右手，世人肯定便不會再稱諾伊凡斯坦為黃金之獅了。一想到這裡，我便忍不住露出笑容。

傑瑞米不知嘟囔了什麼，隨後唇角勾起微笑，輕輕在我臉頰上吻了一下。

「是啊，如果是妳，想必能好好馴服那個可怕的女人。總之，我們就晚餐見了。」

「你今天……」

「對，我終於和妳越來越像了。就算是不想做的事，也會耐著性子去做。」

「哼，妳的品味還是如此庸俗。」

「謝謝您。皇后陛下的品味依然卓越呢。」

「不曉得妳到底是從哪找來這種飾品，但顯然是來向我炫耀的吧？雖然諾伊凡斯坦家的錢多到怎麼揮霍也用不完，但想要符合我的標準，還差得遠呢。」

「真是感謝您了解我的用心良苦。陛下的飾品也十分獨特呢。」

……若要問皇后與侯爵夫人之間的對話怎麼會是這副模樣，我也不知該如何說明，因為就連我也不太清楚。

過去這三年，經歷無數次的會面，我與伊莉莎白皇后在不知不覺間形成這種一言難盡的相處模式。起初，在座的其他貴族夫人還會被我們的一來一往嚇得瑟瑟發抖，隨時準備昏過去，如今她們只會露出司空見慣的平靜微笑。

唉，事情究竟是怎麼發展成這樣的？

「這條項鍊真美，是您收到的禮物嗎？」

今天一同出席茶會的貴婦，是親切溫柔的拜仁伯爵夫人。聽完她的問題，我莞爾一笑，並輕輕點頭。

「謝謝，這是我們家老大送的生日禮物。」

「天吶……」

伯爵夫人露出溫暖的笑容，伊莉莎白皇后則不屑地嗤笑一聲。

「是喔？我還以為又是哪個沒眼光的傻子，因為迷上了夫人而送去的禮物呢。」

「陛下要是羨慕，就請您直說吧。」

「哼，誰會羨慕這種事！我又不是沒有兒子！」

確實，她說得沒錯。我聳了聳肩，端起茶杯喝了一口，只見拜仁夫人輕輕笑了幾聲，伊莉莎白則再次嗤之以鼻。接著，話題轉眼間跳到了其他地方。

「話說回來，諾伊凡斯坦夫人打算如何處理子女的婚事？你們家那狂妄自大的長子已經成年一段時間了吧？」

「老實和您說，陛下，我還沒打定主意呢。我只希望他們都能與自己心儀的對象共度人生……」

「還真像愛情小說會有的故事情節。雖然太子的婚事也尚未定下，我實在不好說些什麼。不過站在妳的立場，盡早決定婚事，心裡也會比較舒坦吧？」

她的語氣一如既往地帶著挑釁，可那雙凝視著我的冰藍眼眸之中，卻閃爍著近似擔憂的光芒。我明白她在擔心的是什麼。

帝國百姓無論男女均在十六歲成年。雖然要到十八歲才會真正被世俗視為成人，但從法律上來看，滿十六歲就算成年了。而傑瑞米明明已成年，卻沒有與任何人訂下婚約，也難怪有些人會說是我刻意為之了。坊間都在謠傳，我是為了拖延占據諾伊凡斯坦家主之位的時間，才會刻意阻撓傑瑞米的婚事。

這種流言我可不陌生，過去的人生就曾遭遇過。只不過如今的我，完全不會想強迫孩子們接受策略聯姻。

當然，想與傑瑞米締結婚約的家族確實不少，其中自然也少不了海因里希公爵家。就在幾天前，海因里希公女才差人送了一份禮物來，裡頭放的是一張書籤。

在過去，我相當積極地促成傑瑞米與海因里希公女的婚事，傑瑞米卻整整拖了四年才與她正式成婚。當時我只覺得，那傢伙可能是心上還有其他的女人，但現在回想起來，傑瑞米會那麼做，或許只是他的個性本來就受不了被強迫著去做什麼事。

……或許也是因為這樣，他才不想讓我出席結婚典禮。唉。

如黃金般耀眼的初夏陽光，照亮了紐倫伯勒公爵宅邸鋪滿碎石的僻靜小路。即便公爵府不如諾伊凡斯坦侯爵宅邸華麗，卻仍是古色古香的宏偉建築。

與公爵夫人簡短問候後，傑瑞米隨即轉身前往好友的所在之處。

「喂，搞什麼？雜種狗！都幾點了，你還在拖拖拉拉！」

蠻橫的獅子一大早就衝進狼窩大吼大叫，坐在床尾的黑髮青年聞聲緩緩抬起頭。那雙滿是睏意的藍眼銳利地掃向來者相顯柔和的綠眸，隨後才終於開口。

「就說我不去了，你這隻得了狂犬病的病貓。」

「我也很不想去，但我們現在都已經過了能隨心所欲的年記啦。」

「是嗎？我以前好像也沒多麼隨心所欲過吧？話說回來，你有好好把禮物交給她嗎？」

「多虧了你，當然有。快起來，等結束後就到我家去吃晚餐吧。」

「這個提議真是吸引人，但中間的過程實在不怎麼樣。」

不顧對方消極的回應，傑瑞米大步走到窗邊，一把拉開窗簾。昏暗的房間瞬間被陽光打亮。

今天兩人準備出席的狩獵大會，是由皇室與教皇廳主辦。也就是說，在這場聚會上，他們會看到好幾個無聊透頂且面目可憎的人物。即便如此，既然得到邀請，出席便是義務，尤其兩人都是名門世家的繼承人。雖然很不情願，但與那些令人生厭的傢伙碰面，感覺自己越來越不耐煩的過程，也是有小小的樂趣存在。

「你不去的話，那我也不去了。」

「你是在威脅我？去那種地方，不只會遇到皇太子那個混蛋、我家老頭，甚至還有老到一腳入土，但仍有力氣挑剔我的一舉一動的爺爺耶。帶你家那個把家教餵狗吃的弟弟去啦。」

「我也會遇到討人厭的親戚好不好？而且，那個沒教養的傢伙雖是我的弟弟，但你可是我的戰友啊！」

黑髮騎士一時間說不出話來，只是皺緊了眉頭。金髮騎士則是將掛在牆上的大劍扔給好友，最後才說道：

「快穿衣服吧，我的戰友，別讓我獨自面對那群人。」

在我終於離開皇后宮時，外頭已是日暮時分。擔心會趕不上晚餐時間，我加快了腳步，卻意外遇上正走向皇后宮的某人。

「諾伊凡斯坦夫人。」

「皇太子殿下。」我慌忙行禮。

這名俯視著我的銀髮美青年，正是西奧博爾德皇太子。上一次這樣與他面對面，已經是很久以前的事了。

三年多前的那場審判之後，他便再也不曾造訪我們家，也不曾再私下與我聯繫，我們只有偶爾在公開活動上才會見到對方。我一方面感到慶幸，一方面又因為他對我的一番心意，竟冷卻得如此之快而感到有些惋惜……嗚嗚。

「好久不見了。您是去面見母后嗎？」

「是的，殿下剛結束狩獵嗎？」

「您是說狩獵大會？差不多吧。」

他以溫柔的語氣回應，金黃的眼眸優雅一彎，露出了微笑。那是有些寂寥又落寞的微笑，我不禁失禮地開口詢問。

「看來狩獵並不怎麼有趣，是嗎？」

「是啊，就……那是父王與教皇主辦的活動，如夫人所知，討厭我的人本來就很多。」

「怎麼會，誰會討厭像殿下這樣的人呢？」

「夫人一直是這麼溫柔。若我的表弟和自小一起長大的朋友都能這麼想，那我就別無所求了。」

表弟與自小一起長大的朋友……？唔，這麼說來，今天的狩獵會諾拉和傑瑞米也有出席。難道是他們之間發生了什麼不愉快的事嗎？

若我沒記錯，近來的政治局勢，似乎也與我記得的過去有些許不同。自從那場取代可恨聽證會的審判結束之後，議會與教會便展現前所未有的團結，開始處處牽制皇權。其餘的貴族也分為親皇派與反皇派，出現嚴重的對立。而反皇派的中心，則是諾伊凡斯坦之獅與紐倫伯勒之狼。

當然，並不是那兩個傢伙主導了什麼，只是氣氛使然罷了。自幼便與皇太子交情甚篤的傑瑞米，近來反倒與諾拉如影隨形、四處惹事，其他年輕的貴族少爺自然也受到了兩人影響。

是不是有句話說，小小的蝴蝶輕輕振翅，便能颳起巨大的颱風？有誰能夠料到，皇太子曾經的青澀愛情，竟會成為政治局勢變換的起點？要是那時我沒有隨皇太子進入他的個人圖書館，這件事便不會發生了。

「傑瑞米……並不是討厭殿下。他其實是個臉皮有點薄的孩子，所以只是還沒找到與殿下和解的方法罷了。」

傑瑞米對西奧博爾德那不是誤會的誤會，確實已經解開了，畢竟我也向他說明過整件事的來龍去脈。但他依然很排斥自幼一起長大的皇太子，看來大概是有著連我也不得而知的心結。

「哈哈，真的是這樣就好了，因為我有種自己徹底被排擠的感覺。誠如夫人所知，原本就很討厭我的表弟，最近成天與他形影不離，真不知道我還有沒有希望挽回這個朋友。」

「公子應該也不是真心厭惡殿下……」

「謝謝您這番立意良善的安慰，但他討厭我的事，任誰都一目瞭然。」

西奧博爾德以略為苦澀的語氣低嘆，那對銀色睫羽落寞地垂下。他的眼神看上去相當悲傷，莫名令人心疼。

「為什麼會……」

「我也不清楚。我們小時候發生過一件意外，不管我怎麼想，都覺得應該是那件事造成的。」

「意外？」

「說來有些慚愧……我十二歲的時候，有一次到舅父家去玩。表弟的年紀當然比我更小，應該只有八歲還是九歲吧。」

我靜靜聽他描述當時的情境。孤獨的皇太子以一雙滿是憂愁的金眼，搭配充滿悔恨的聲音說道：

「那時他拿舅父最寶貝的菸斗來玩，卻不小心將菸斗摔碎了。我一直叮囑他別去碰那麼貴重的東西，但……偏偏大人們就在那一刻出現，真是非常不巧。」

「兩位當時想必都還很稚嫩吧。」

「哈哈，是嗎？總之，諾拉或許是年紀還小，便指著我說是我把菸斗摔碎的，只不過大家都不太相信他。現在想想，當時我真應該代替他認錯。我年紀比較大，而且又是皇子，明明能替他承擔這點小問題，卻沒有那麼做。這確實是微不足道的事，對吧？」

「原來是這樣……」

「那一刻，他對一直堅定追隨的表哥失去了信任。誰又能料到，年幼時的小意外，竟會發展成今日的心結呢？」

他自嘲地說完後，便一眨也不眨地望著我的雙眼，彷彿是在問我，是不是也認為這樣的起因十分可笑。

嗯，我雖然能理解，卻也覺得有些地方不太對勁，難道是因為我的心思太不單純了嗎？我實在不能相信，諾拉會為了這點小事懷恨至今……

「哎呀，糟糕，我耽誤夫人太久了，真是抱歉。」

「請別這麼說。」

「請您路上小心。對了，祝您生日快樂。今天狀況不允許，禮物就在建國紀念慶典時再交給您吧。」

說完，年輕的雄鷹便鄭重向我行禮。令我意外的是，他的表情竟顯得十分輕鬆。我向他道謝，隨後便趕緊返家。

「你這傢伙為什麼會跑到我家來啊？」

我們家壞脾氣老二的怒吼聲響徹整座宅邸。有別於錯愕的我，那名受到如此「熱烈」歡迎的入侵者，直接無視那隻氣得跳腳的紅毛獅子，逕自向我問好。

「祝妳生日快樂。」

「好久不見了，你現在變得好帥氣。」

雖然傑瑞米成天與他形影不離，但我可是有半年沒見到諾拉了。許久不見，諾拉顯得更加成熟，臉上已經找不到一絲青澀氣息。不知他是不是也感到有些陌生，一雙藍眼緊盯著我，其中還閃爍著奇異的光芒。哼，你們變得很多，但我可是一點都沒變呢！

總之，少年時期像隻莽撞又惹人憐惜的小狗，如今卻成了散發著野獸般的強勢氣息，令一般人難以親近的青年。除此之外，諾拉也長高了不少，當他與傑瑞米兩人並肩站而立時，實在很難不令人害怕。感覺就像太陽騎士與黑夜暗殺者的組合……天啊，我究竟在想什麼？

「到底為什麼那傢伙會出現啦？我討厭他！舒莉，我討厭那個黑沉沉的傢伙啦！快點把他趕走！」

「我更討厭你這種態度。」

我斬釘截鐵的回應，讓原本氣得跳腳，感覺馬上就要拿出十字弩攻擊的艾利亞斯，瞬間大受打擊僵在原地。那雙滿是殺氣的綠眸彷彿遭遇地震，茫然失措地動搖著。

真是的，誰叫你要對客人這麼沒禮貌？話說回來，為何連我們家的騎士們也一臉動搖？

總之，期待已久，特地由我喜歡的菜色所組成的晚宴，就以這樣的方式揭開序幕。所有人都帶著微笑圍坐在桌邊，我們家的小姐率先拿出禮物來。

「生日快樂，媽媽。這是我畫的畫，我畫得很認真，希望妳能珍……」

「瑞秋妳再怎麼畫，也都只有那點程度吧？是畫了什麼東西當生日禮物？」

「真是的，二哥，你可不可以閉嘴啊？小心我殺了你！」

「小姐似乎很有繪畫的才能呢，這幅畫真美。」

年輕的狼垂下眼，不疾不徐地吐出一句讚美，瑞秋立刻開心起來。那張笑顏十分明媚，彷彿艾利亞斯潑冷水的高見，以及她差點拿起叉子射過去這些事情都不曾發生。

「與其說是有才能……嘿嘿，更該說是有興趣吧。」

「我也曾經對油畫很有興趣，雖然都是過去的事了。」

「哇，你這傢伙也有興趣喔？真的難以想像耶。」

「就說那是小時候的事了。沒過多久我就領悟到，藝術其實相當看重情感爆發的殘酷現實……」

「說到情感爆發，誰贏得過你家老頭。」

「說得沒錯。」

在傑瑞米與諾拉你一言我一語地羞辱高貴的大公爵時，萊昂拿出了他準備的禮物。那是一捧白薔薇花束，以及寫了滿滿五張紙的一封信。哇，竟然是信，不知是不是多愁善感，這讓我想起了去年的交換日記。

「真是有夠幼稚，生日禮物怎麼會送信啊？」

「少囉嗦，那二哥的禮物又有多厲害？」

「至少是你這種小短腿比不上的！來，這就是我準備的禮物。」

得意洋洋的艾利亞斯交到我手上的東西，是個用厚實紙張包裹的四方形物體，乍看之下應該是本書。我一邊拆禮物，一邊納悶這傻小子怎麼會準備這麼知性的禮物。就在包裝拆開的那一刻，我啞然失笑。

「這封面還真特別。不但沒有書名，我還是第一次看到紅色的封面……」

砰咚！

就在這時，餐廳爆發一陣騷動。艾利亞斯不知吃錯了什麼，整個人從椅子上摔了下去，傑瑞米也立即起身。雙胞胎尖叫出聲，諾拉則二話不說一把搶走我手上的那本書。這到底是……

「艾利亞斯！」

「喂，不是啦！不是你想的那樣！絕對是我拿錯了啦！」

「你覺得我會接受你的辯解嗎?!你這傢伙，給我過來！快過來！」

「哇啊——！真的是一時失誤啦……呃啊——！不小心的啦！」

傑瑞米舉起鐵塊般的硬拳猛揍艾利亞斯，我只好愕然轉向諾拉。諾拉一手翻閱那本紅色封面的神祕書籍，臉上帶著耐人尋味的微笑。他們究竟是吃錯了什麼藥？

「那到底是什麼？」

「是限量版的色情書刊。」

……雖不知道此刻的我是什麼表情，但也許就和今早的主廚差不多吧。

真不愧是我們家老二。我真的很好奇，世上究竟會有哪個瘋子，把色情書刊當禮物送給自己的繼母？

當然，他辯解說是搞混了，也不是沒有說服力。但就算真是如此，他究竟為何要訂購這種東西？我看我得暫時沒收他的零用錢了……

「但你們都知道那是什麼？只看封面就知道了？」

「……」

「……」

「媽媽，二哥又出去了。」

如此這般，吵吵鬧鬧的晚餐總算結束，我指示女僕們準備茶點。這時，趁那兩名青年移步接待室，萊昂來到我身邊悄聲說道。

我瞬間停下動作，眉頭緊皺。

「他是何時……這次又是與誰來往？」

「我也不知道。可是啊，媽媽，二哥又帶金幣出去了，不管怎麼看都不像去約會。」

……真是要瘋了。我還寧願他是出去跟普通人家的女孩子幽會，他該不會真的染上那種興趣了吧？

起初，艾利亞斯頻頻在夜裡溜出門，我還以為他只是出去約會，畢竟他近期確實非常熱衷這種事……

但依照我們家的小學者萊昂所點出的線索，他實在不像出去約會。每次我詢問本人，艾利亞斯都會斷然否認，說絕對不是我想的那樣，他真的只是去約會而已。即便如此，我還是無法壓抑這股不安。

近來風靡貴族少爺的卡牌遊戲，艾利亞斯該不會也涉入其中吧？

以防萬一，我多次要騎士偷偷跟在他身後，卻不知他是怎麼察覺到的，總是能輕易甩開騎士的尾隨。

對於賭博，我的父親已經留下許多令我生厭的回憶，那是種能輕易毀掉一個人的可怕習慣。艾利亞斯為何老是做這種叛逆舉動……唉，這究竟該不該告訴傑瑞米？

最後，我決定在掌握任何明確事證之前，先暫時不做任何反應。但若真是賭博，那可不是打幾下就能解決的事。

我帶著無比複雜的思緒走進接待室，傑瑞米與諾拉鄧正各蹺著一雙長腿，坐在沙發上愉快地鬥著嘴。哎呀，誰能想得到他們竟然會變得如此親近？

「我還是最期待劍術大賽，雖然誰會獲勝已經很明顯了……」

「你的意思是，你已經確定會落敗了是吧？」

「不，是已經確定你會敗在我手下了，雜種狗。」

「像你這種囂張的傢伙，一定會在預賽就先被淘汰，勸你有點自知之明。」

四年一度的建國紀念慶典中，劍術大賽可說是最精采可期的活動。那不僅是屬於男性的浪漫憧憬，更是女性引頸期盼的節目。

不過，今年的劍術大賽，其實我已經看過了。連外國遊客都屏息以待、令觀眾失聲驚呼的決鬥結果，只有我才知道。哼嗯，看到這兩個傢伙現在就得意洋洋地互爭高下，我忍不住想提醒一下。

「你們還真開心啊，我已經開始頭痛了。」

這只是句玩笑話，那兩人卻同時收起呲牙裂嘴的擠眉弄眼，嚴肅地轉頭看向我。兩雙輪廓與色彩截然不同的眼睛緊盯著我，讓我莫名有些羞愧。我是想開個玩笑，怎麼好像搞砸氣氛了？

「妳幹嘛頭痛？」

「不是啦，我的意思是說，這是帝國最大規模的活動嘛。一想到你們要跟這麼多人對戰，我就覺得頭痛。」

先不說得被迫與一些令人生厭的對象交流，今年艾利亞斯更是會對二皇子揮拳相向，是相當多災多難的一年……這次該不會重演類似的事吧？

傑瑞米靜靜觀察著我的表情，不知又在打什麼鬼主意，只見他不懷好意地笑了起來。他拉起我的手，朝手背吻了一下，並換上那副油嘴滑舌的口吻說道：

「這樣如何？那些困擾妳的人我會全數剷除，然後再把黑鍋推到這隻雜種狗身上。怎麼樣啊，雜種狗？」

聽見這厚顏無恥的提議，年輕的公子雙眼瞇起看著我們，隨後一手放上沙發椅背，以無比真摯的神情點了點頭。

「這還真是令人感到榮幸的汙名啊，沒什麼不行的，只是不曉得你有沒有膽子真的這麼幹。」

「可以乾脆推動皇權交替，既然都這樣了，不如就連教皇廳都一起剷平吧。」

「好，就由我們兩個來掌握帝國。怎麼樣，舒莉？只要妳想，我們就讓妳變成帝國第一位女皇帝。」

一位是黃金之獅的繼承人，一位是皇后的親戚，同時也是公爵家的繼承人，竟能面不改色地說出如此大逆不道的話。要是他們真的在這件事上達成共識，那可不行。

即便如此，我依然不自覺露出微笑。我抬手輕撫那條橄欖石項鍊，同樣淘氣地回應道：

「真不錯。畢竟帝國第一這個頭銜，一直都專屬於我嘛。」

在方方面面上都與過去不同的建國紀念慶典即將到來。

上次艾利亞斯那傢伙差點誤送到我手上的書，應該是被諾拉給拿走了。只是我實在是不明白，他為何要拿走那種東西？

就在紀念慶典前一天，一個風和日麗的午後，一名意外的訪客前來拜訪我。她是我過去的準媳婦——海因里希公女。

「檸檬香蜂草茶可好？」

「好的，謝謝您。」

畢恭畢敬的年輕公女歐荷拉·馮·海因里希尚未滿十六歲，與我記憶裡的她並沒有不同，依然全身上下找不到一絲破綻，每一個細微動作都合乎禮節。一頭優雅挽起的白金髮、略顯冷漠的眉眼與紫色的瞳眸，以及與其色彩相襯的最新款禮服，真不愧是有首都第一美女之稱的貴族小姐。

……即便如此，在我眼中，還是我們家瑞秋比較美。

在我打量歐荷拉時，她也以恭敬卻銳利的眼神打量著我，一如我記憶中的模樣。

如今回想起來，雖然她對我總是不失禮數，但大概不是出自真心。想到我當時在外的風評，這或許也是理所當然。不過她和瑞秋的好像也不太處得來，因為瑞秋多次毫不掩飾地表示，她並不喜歡這位準大嫂。

總之，在今天這個時刻，我很清楚歐荷拉是為了什麼來拜訪我……

「突然這樣上門打擾，實在很抱歉。」

「不要緊。對了，謝謝您送來的書籤，那設計真是別緻。」

「您要是喜歡，那就再好不過了。我今天會這樣突然來訪，其實是因為有件事想拜託夫人。」

這句話實在有些不尋常。拜託？這位高傲的小姐，該不會是打算親口向我提訂婚的事吧……

「我希望能請夫人來擔任我的禮儀老師。」

啊哈，原來是這麼回事。我放下茶杯，輕靠在椅背上。那雙緊盯著我的紫色眼眸，漸漸帶來一些壓迫感。

「我似乎沒什麼能教導您的吧？我還想請公女來當我女兒的禮儀老師呢。」

「我並不是想讓您感到勉強，只是……希望能以這種方式和夫人拉近距離。」

「與其說勉強，不如說是有些意外。像公女這樣的貴族小姐，為何會想與我這樣無趣的貴族夫人拉近距離？」

「您想必很清楚我的用意。」

她毫不遲疑地回應，隨後輕輕垂下眼，露出婉約的淺笑。那確實是能令一般男子心動的容貌，即使同為女性也無法否認，這樣的她確實十分惹人憐愛。

「好吧，公女，我們就開誠布公地聊聊吧。如果是您，想必已有許多出眾的追求者，為何堅持要與我們家族聯姻呢？這是出於您的個人意願嗎？」

沒想到這一世，我竟然有機會在歐荷拉面前這麼直言不諱。以前我為何會覺得這位小姐很難對付呢？

我微微抬眼觀察她的反應，只見她白皙的臉龐竟然浮現紅暈。哎呀？

「確實是我個人的想法。當然，我也很清楚家族想與諾伊凡斯坦結盟，以壯大勢力的意圖。我深知這樣主動出擊，更不是一名貴族小姐該有的作為，但若想成為獅子家族的一員，就得展現與眾不同的覺悟才對吧？」

實在是妄自尊大的口氣，像在背誦從某本書上看來的句子。嗯，確實，過去我從不曾覺得這位小姐如此青澀，當時關注著我的其他長輩，或許也跟現在的我有相同的想法。

「我認為不需要什麼非常了不起的覺悟。要是被人聽見了，可能會以為我們家真的是什麼住滿野獸的巢穴呢。」

我忍住了苦笑，柔聲回應她的發言，只見那雙滿是自信的紫色眼眸瞬間有些遲疑。哎呀，這難道就是貴族夫人戲弄年輕小姐的樂趣嗎？

即便同樣擁有公爵的爵位，海因里希與紐倫伯勒的地位卻依然高低有別。同理，家族的威望也往往不與爵位高低成正比。即便諾伊凡斯坦只擁有侯爵位階，勢力卻能與海因里希公爵家比肩。甚至在財政與軍事實力方面，大概也只有紐倫伯勒家族能凌駕諾伊凡斯坦家。

「我不是那個意思……」

「來，請老實回答我吧。您相信自己真能招架我們家傑瑞米嗎？」

「我可是隻母老虎，我相信自己絕對能跟他相處得來。」

她的聲音果決且充滿信心，但這並不是我所期待的回答。

「我的意思是說，您可有信心抓住他的心？海因里希公女，我不希望我家的任何一個孩子，成為策略聯姻的犧牲品。想必您的父親也有相同的想法。」

歐荷拉仔細判讀著我的神情，略帶懷疑地問道：

「那麼，如果我擄獲了傑瑞米的心，屆時您會欣然同意我們的婚事嗎？」

「有何不可？我看起來像是基於個人私欲，才拿這種只有愛情小說中才會出現的理由作為藉口嗎？還是說，您對此沒有信心？」

「您言重了，我沒有這個意思……」

「若你們兩人心意相通，我一定會讓你們立刻結婚。如您所知，我所坐的這個位置，實在是相當累人。」

一時間，沉默在我們之間延續。不知她是被我傷到了自尊，還是在想像兩人的結婚典禮，只見歐荷拉雙耳泛紅，一雙眼睛骨碌碌地轉著。片刻後，她才再度開口。

「只要夫人遵守約定……那個，請問傑瑞米喜歡什麼樣的女性呢？」

「公女應該要自行找出答案才對。」

「但夫人與您的孩子們關係如此親近，在貴族圈可是相當少見的美談。作為您未來的準媳婦，您難道沒有合適的建議能提供給我嗎？」

我想，在這位小姐的腦海中，他們肯定已經正式成婚了吧。老實說，我哪可能知道傑瑞米喜歡怎樣的女性？過去我也是好不容易才替他訂下一門婚事，但除非是我耳提面命，他甚至沒送過一朵花給歐荷拉，根本是個不懂浪漫為何物的傢伙。

呼，對於談情說愛這種事，艾利亞斯是太得心應手，傑瑞米則是太無動於衷，兩個都是大問題。於是我只能再度露出苦笑，並盡可能以最和善的語氣回答。

「我兒子對女性的喜好，是我管不到的事情。」

「等著吧，美麗的小姐啊！在下今晚將會奪取諸位的芳心！」

……雖然到了這時候也差不多該習慣了，但我還是忍不住嘆了口氣。

老二艾利亞斯起了個大早，穿上一身無比刺眼的服裝，肩上還背了把裝飾用的弓。在他沉浸於自己的獨角戲中時，我花了點時間慢慢準備外出。

我們確實是要去參加宴會，不知為何我卻覺得自己像是要上戰場的司令官，心情無比悲壯。我彷彿進入微醺的狀態，恍恍惚惚地穿上專為今天所準備的淡粉紅禮服。就在我整理好髮型之際，傑瑞米也恰好來接我。

「妳現在是在對著鏡子問『魔鏡啊，魔鏡，誰是世上最美的人』嗎？怎麼弄這麼久啊？」

「對，沒錯，我就是在做這件事。」

「那鏡子怎麼說？」

「它說如果我想成為帝國第一美女，就必須除掉我女兒。」

「看來鏡子的眼睛有問題。」

雖然我努力讓自己看起來美若天仙，但上天實在很不公平。我那血統優良的大兒子，今天的打扮看起來格外華麗，或許是那一身以金黃色與朱紅色點綴的新制服使然也說不定。今天在宴會上將會遇見許多貴族小姐，我要提前為她們的小心臟默哀了。啊，還有那些情人將會被無情奪走的貴族少爺。

「妳的表情看起來不太好，又在想什麼了？」

「沒什麼，只是很好奇艾利亞斯怎麼會變成那副德性。」

「別在意這個，發神經總比惹些其他麻煩好。」

……這、這句話不知為何很有道理。沒錯，放任他成為皇都最惡名昭彰的花花公子，或許會是更好的選擇。萬一……

「舒莉，妳有沒有什麼事沒跟我說？」

這傢伙看起來遲鈍得不得了，但有時候觀察力又十分敏銳。我趕緊搖了搖頭，隨口找了個話題試圖轉移焦點。

「話說回來，傑瑞米，你呢？你有沒有交往的對象？」

聞言，傑瑞米雙手抱胸，歪了歪那顆金光閃閃的腦袋，微微皺起眉頭。

「沒有，我現在還是喜歡劍多過於女人。妳幹嘛突然問這個？」

「沒什麼，只是想說如果你有心上人，那或許也可以先訂下婚約……」

「有人跟你說什麼嗎？說你都不幫繼子找婚約對象？」

……雖然是沒有人當面跟我說這些，但外頭也不是沒有這些傳言。即便是過去我早早替他訂下婚約，依然有人說他遲遲不肯結婚都是因為我。

「沒有啦……我是希望你能跟你喜歡的對象結婚。畢竟，上門來找我談婚事的人，可不只有一兩個。」

「如果我永遠不結婚，那妳要怎麼辦？」

「你可是下任家主。」

「這種事情就交給艾利亞斯吧。」

他竟能一派輕鬆地說出如此駭人的發言，還不如說要交給雙胞胎呢！我笑著搖了搖頭，傑瑞米那雙深綠瞳眸也閃爍著惡作劇的光芒。

「舒莉，我們別去在意其他人的流言蜚語了。」

我的手原本摸著刻意選來搭配橄欖石項鍊的翡翠耳環，這時突然停了下來。這是因為，這是我曾經對孩子們說過的話。

「我沒有在意……只是擔心可能會有人轉而攻擊你們。」

「有誰要攻擊我們？妳儘管說。」

傑瑞米從門邊走到我身旁，一雙大手牽起了我的手，笑嘻嘻地問道。從相觸的掌心傳來的溫度，不知為何令我感到安心，於是我也淘氣地回應。

「我說了之後，你打算怎麼做？」

「當然是我最擅長的，把他們的腿折……咳，只要讓他們消失就好啦。」

「用這種方式去處理事情，你很快會樹敵無數。」

「隨便他們，我只要把所有人都除掉，直到世上只剩下我們就好。這樣獅子的時代會真正到來，我們就可以號令天下了。來，以後就別再提那該死的婚事了，總覺得我肯定會被騙。那可不行啊，舒莉媽媽，我可不能被騙啊。」

四年一度的帝國建國紀念慶典，各邦交國的重要人士，均帶領盛大的使節團出席宴會。包括薩法維國的阿里．帕夏王子，以及條頓王國的王子公主在內，眾多來自異國的高貴使節，吸引了帝國上下的關注。

而其中，一登場便擄獲眾人目光的，自然是我們一家。身著黃金色訂製禮服的雙胞胎，手持觀賞用的弓、身著全新黑色套裝的艾利亞斯，以及近來逐漸嶄露頭角，一肩扛起諾伊凡斯坦之獅名號的傑瑞米。哎呀，真是太令人驕傲了。

看看我們才抵達宴會廳入口，在場的男女老少便對我們家的小獅子們投以憧憬與嫉妒的目光。當然，要是知道他們華美表象之下的真面目，想必所有人都會退避三舍，但又怎樣？約亨，你在看著嗎？你留下的這群孩子，現在已經長這麼大了。

「哇，根本是一片花海。」

「二哥，拜託你不要拉低格調好嗎？」

「怎樣啦？我又拉低什麼格調了？妳怎麼一天到晚針對我？」

……如果精神年齡也能趕快長大，那我就別無所求了。唉，我該拿老二這匹脫韁野馬如何是好？

「喲，你來得還真早啊，雜種狗。」

「是你太慢了。諾伊凡斯坦夫人，您好。」

一手持著酒杯朝我們走來的，是紐倫伯勒的少狼王。他迎著四周投來的注目，鄭重向我打招呼。

今天諾拉身穿以藍色與黑色點綴的制服，與他的摯友呈現鮮明的對比，渾身散發著強烈的野性之美。聚在一旁的女性，看起來心臟都有些無力。

該說是物以類聚嗎？這對交情甚篤的競爭對手靠得越近，貴族小姐們的心情就越是興奮，幾乎快燒成一團黑炭。總之，還真是養眼啊。

我對眼前的盛況感到十分滿意，艾利亞斯看起來卻相當不悅。

「為什麼不管到哪裡都會看到你啊？」

「應該是我不管到哪裡，你都會冒出來吧？以防萬一我先告訴你，我可不好男色。」

「你這黑沉沉的傢伙在說什麼啊?!真是的，哥為什麼要跟這種人來往啦？」

「人際關係相關問題我可不想聽你的建議，愚蠢的弟弟。話說，你父母親在哪？」

「你不該隨便問候別人的父母。」

「哈，抱歉。」

「我真的很討厭他啦！」

「你討厭我關我什麼事？」

雖不明白他們這段對話的用意何在，但總之，在這和樂融融的氣氛中，我注意到在一群貴族小姐圍繞之下，高傲地搧著扇子的海因里希公女，此刻正帶著欣喜的笑容從遠方朝我走來。她一頭華麗垂落的白金秀髮閃閃動人，泛著淡淡紅暈的雙頰有如甫綻放的鬱金香，帶著清新的青澀。

「諾伊凡斯坦夫人。」

「海因里希公女，您的禮服真美。」

「謝謝您。夫人您的禮服也不遑多……」

優雅地寒暄到一半，歐荷拉突然像是被誰推了一把，重心不穩地朝一旁倒去。說得更準確些，她是踩到了裙角而失去平衡，摔向一旁正在鬥嘴的傑瑞米、諾拉與艾利亞斯。

「天啊……！」

「呀啊——！」

砰！啪噠！

接著是一陣短暫的靜默。我半伸出手，張著嘴愣在原地。而以驚人的反應力瞬間向後退的三名男子，正睜著大眼看著我。與此同時，站在我左右兩側，目擊整起事件的雙胞胎，瞬間爆出壞心眼的笑聲。

「噗哈哈哈哈！」

「哈哈哈哈！哥哥，你們怎麼不扶一下人家啦！哈哈哈！」

完全不顧及與華麗金色地板親密接觸的貴族小姐顏面，雙胞胎恣意大笑。隨後，竊竊私語的訕笑也自四面八方傳來。我同情地看著曾經的準媳婦跌坐在地。

這幾個傢伙還真是無情。兩名騎士加上一名花花公子，怎麼在這方面就如此不貼心呢？

「公女，您沒事吧？有受傷嗎？」

幸好，這位首都第一美女似乎沒有受傷。只不過她滿臉通紅，眨眼間便爬起來消失在人群中的模樣，令人有些同情。

「天啊，真的好好笑……哈哈哈哈！」

雙胞胎依然在捧腹大笑，我則雙手扠腰，瞪著那幾個把體貼拿去餵狗的傢伙。沒想到三人竟同時露出無辜的表情，睜大雙眼看著我。嗯？

「扶她一下會少塊肉嗎？」

「我幹嘛要扶她？這種事情當然是交給身為騎士的哥哥去做啊。」

「別亂說話，隨便碰觸女性可是違反騎士精神的行為。對吧，我的好友？」

「嗯，真正的騎士就應該懂得適時保留實力。我們隨便出手，結果卻搞砸的狀況還少嗎……」

……這還真是合理的辯解啊，我無法反駁。

Interlude 某個童話的結局 act. 2

窗外烏雲密布，天空灰暗且陰沉，彷彿昭示著在場眾人的心情。

就在稍早，那場世人引頸企盼數月的世紀婚禮，在剎那間成為引發史上最大衝突的火種。

就連那些總是追逐小道消息，以四處散播流言蜚語為樂的好事之徒，也都不敢隨意對此說長道短。這或許是帝國史上頭一遭，在滿載眾人祝福的婚禮會場上，新郎竟動手掐住新娘的脖子。萬一事發當時，人在新郎身旁的小公爵沒有立刻介入制止，恐怕就要創下一天內有兩名帝國貴族女子橫死的新紀錄。

「……所以這門婚事就算結不成，你也無所謂嗎？我實在相當懷疑，愛卿究竟知不知道後果是什麼。」

打破沉默的正是橫眉怒目的帝國皇帝——馬克西米利安·馮·巴登·俾斯麥。他那雙醒目的金色眼眸，此刻有如瞄準獵物筆直衝去的猛禽。他望著金髮青年，如熊熊火炬的目光之中，竟帶著一絲複雜的憐憫。

聚集在接見室內的共有三人，除了皇帝之外，還有他的妻舅阿爾布雷克特·

馮．紐倫伯勒公爵，以及造成如此局面的傑瑞米．馮．諾伊凡斯坦小侯爵。不，現在或許該稱他為侯爵才對。

「我想……親眼確認屍首。」

先前長達半小時的時間，青年始終一言不發，此時才喃喃自語般低聲說出他的請求。他的神情悲痛且淒涼，叼著煙斗的公爵不忍地搖頭，抬手按住他的肩。

「愛卿，你的母親遭到殘忍殺害，還是讓她繼續以生前溫柔婉約的形象留在你的記憶裡，無論對你或對她，都是更好的選擇。」

皇帝一番相勸，青年卻沒有回應。那雙總是充滿桀敖不馴的活力與年輕銳氣的深綠眼眸，如今卻籠罩著一層陰影，眼底一片荒蕪。有別於死寂的神情，他置於膝上的雙手則緊握著拳頭，彷彿將什麼看不見的東西緊緊握在手裡。力道之大，就連指節處都能看見血管清晰浮現。這時，皇帝再度開口。

「你的母親離開侯爵家之前，已為你遞交了繼承狀。就目前的情況，婚禮並不能說是圓滿結束，若愛卿真打定主意要撤銷這門婚事，那也不難辦。對朕來說反倒是件好事。」

「……」

「……你難道不清楚，你父親留下這條遺囑的用意？難道朕真要違背故人遺願，將黃金之獅占為己有？我該如何面對已經先我一步去到另一個世界的摯友？」

「也不是沒有其他權宜之計，陛下。」

「權宜之計？我親愛的妻舅，你想到什麼辦法了？」

皇帝語帶尖銳的詢問，公爵則以公事公辦的語氣開始說明。那語氣，恰好與他哀痛的眼神形成強烈對比。

「就是『前任家主的遺志』。以現在的情況來看，前任家主不是約亨納斯，而應是舒莉．馮．諾伊凡斯坦。在結婚典禮之前，她便將家主的印章與繼承狀留給長男，我們能將此一行為看成是她個人的遺志並予以尊重。帝國法上有尊重前任家主遺志的相關條款，但並沒有遵循前前任家主的傳統。」

數年前，前任家主的遺志法，在為她守住家主權力一事上發揮了重大助力，如今此法令也適用在她身上，進一步庇蔭她的繼子。這是多麼諷刺啊。

當然，如同公爵一開始所說，這不過是權宜之計。即便如此，卻也是相當合理的處置方式。一再扭轉如一張細網般糾纏的法令，嘗試配合需求找出解決之道的手段，相當符合擅長權謀之計的紐倫伯勒家族處世哲學。

「你認為這真的行得通嗎？」

「沒問題。況且，要傑瑞米和造成母親之死的女人過一輩子，我認為實在太殘酷了。」

「誰說一定要與她過一輩子，只要找個適當的時機離婚不就成了？為什麼都這麼不知變通……」

說完，皇帝忿忿不平地低罵幾聲。皇帝這番話也沒說錯，但公爵認為，若真的讓這段婚姻成立，諾伊凡斯坦侯爵宅邸內遲早會傳出發現新娘屍體的消息。方才這位年輕的騎士，不就瞬間失去理性，在眾目睽睽之下掐住新娘的脖子嗎？更別說還有他底下那些性格衝動的弟妹。侯爵家上下都憤恨得咬牙切齒，此時死了一個愚蠢的新娘可是一點也不奇怪。

即使不讓她過上如此駭人的新婚生活，那名間接造成慘劇的新娘也早已受到足夠的懲罰。假使他們的婚約最終沒能成立，未來她也將永遠無法再找到像樣的婚約對象。先不說被人悔婚，她可是在眾目睽睽之下，被將要成為自己丈夫的男子掐住了脖子。即便包括在場的兩人在內，只有極少數人知曉箇中原由，但越是隱瞞真相，各種臆測與謠傳便越是甚囂塵上。況且，海因里希家族就只有這一個女兒，如今要找個像樣的入贅女婿會變得相當困難，想必他們將為此頭疼好一陣子。

經過一番思索，公爵再度將視線轉向青年，卻被此刻青年的舉動嚇得一震。只見原本只是以荒蕪的麻木眼神望著地面的青年，此刻正面無表情地直盯著兩位與其父親年紀相仿的中年男子。

那雙幽暗的綠眼深處，潛藏著無法控製且深不見底的狂暴。瞬間，公爵一陣毛骨悚然。

「所以……殺害我母親的幕後黑手是誰？」

公爵拿下叼在嘴裡的菸斗看向皇帝，皇帝則若無其事地抬手摸著鬍鬚，試圖掩飾他自身的動搖。

「一旦查明，我會第一個告訴愛卿。史特拉弗已全力著手調查，想必不會花費太多時間。可疑的對象……不只一、兩人，因此在結果出來之前，希望你不要輕舉妄動。話說回來，這次事件，公爵的兒子似乎做出了不小貢獻。」

這起慘案發生在首都附近的山脈，能率先被史特拉弗特警隊員發現，可說是極其幸運。否則無論幕後黑手是誰，想必都能輕易讓這起事件以盜賊襲擊的不幸意外結案。

被襲擊的對象，是侯爵夫人及護衛她的諾伊凡斯坦家騎士。先不論盜賊的數量多寡，此次事件確實疑點重重。萬一真有誰在背後操控，那麼對方為何能掌握她會在那個時間點經過該處，也是必須釐清的關鍵之一。

完全不理會勸他別去查看屍首的公爵，傑瑞米徑直朝位於北塔的史特拉弗管轄室走去。他最小的弟弟萊昂，同樣神情麻木，亦步亦趨地跟在他身旁。將哥哥說要獨自過去的話當成耳邊風，執意要跟來的固執，證明兩人確實是繼承了相同血脈的兄弟。

傑瑞米甚至沒問瑞秋和艾利亞斯的去向，只是一言不發地走下通往幽暗地底的階梯。在終點擋住他去路的不是別人，正是親自將悲訊帶到婚禮會場，也是他視為終生宿敵的那名男子。

「這裡可不是哪個阿貓阿狗都能進來的地方。」

對方明知來人是誰，仍語帶挖苦。而傑瑞米不甘示弱，也以同樣譏諷的語氣回應。

「我不是來找你，是來見我被安置在此的母親。」

「母親？」

男子雙手抱胸，盯著傑瑞米，嘲諷地複述他的用詞。在地下室幽暗又帶著腐臭的空氣之中，那雙深藍眼眸散發著駭人的光芒。

「還真有意思，明明剩下的只是一堆腐爛肉塊，究竟有什麼好確認的？」

砰！

「哥！」

不理會萊昂急切的呼喚，傑瑞米一把扯住對方的領口，奮力將他撞上牆壁。他的綠瞳燃起熊熊怒火，而那名被他勒住領子的男子，一雙無情的藍眼眸卻無動於衷。

「怎麼，我說錯了嗎？」

他的嗓音仍然帶著尖銳的譏諷。不知為何，傑瑞米的憤怒瞬間消退，僅殘餘無力的慘笑。

「進到史特拉弗，就會變成你這個樣子嗎？」

「這個嘛，很難說。我不太清楚，其他人都是什麼樣子？」

「你這混帳……對故人一點敬意也沒有，是吧？居然把亡者的屍首說成那樣？」

「我只知道心裡有鬼的人，聽到那些話都會像你這樣挑腳。人死了之後，剩下的就只是逐漸腐爛的肉塊。繼續抱著已經失去靈魂的屍體哀嘆，又能改變什麼？難道對著屍體哭哭啼啼、表達敬意，就能讓死人復活？」

這令人背脊發麻的當頭棒喝，讓傑瑞米鬆開了手，向後退了一步。在此之前，他從來不曾真正了解過眼前這名公認的對手，現在他總算親自體會到對方的風評為何會如此差勁。

至少傑瑞米所認識的史特拉弗隊員，不會對亡者無感這種地步。史特拉弗雖然是僅聽從皇帝命令的祕警組織，但依然全是騎士出身，仍堅守著應有的榮譽與騎士精神。

但眼前這個傢伙，卻絲毫不把榮譽或道德感放在眼裡。

在劍拔弩張的沉默之中，這對宿敵狠狠瞪著彼此。最後是惡狼率先開口，打破了無聲的對峙。

「屍首還沒調查完畢，即便你是家屬，也不能隨意讓你查看。我要是你，絕對不會在這裡浪費時間，而是會先去徹查你家的傭人。成天盼著你繼母去死的人，何止是一兩個？」

「你……」

「當然，只有凶手不在你們四人之中，這個假設才能成立。」

那冷若冰霜的藍眼瞬間變得無比駭人，因此傑瑞米反常地並沒有立即暴跳如雷，而是緊緊皺起眉頭。

「我們之中……？」

「成功的調查關鍵，在於不會隨意屏除任何人犯案的嫌疑。你以為你們能被免除嫌疑？在我看來，這一切也很有可能是你們四人自導自演。」

這實在是令人啼笑皆非的荒謬言論。但與此同時，卻又是極其合理的推測。當一個人憤怒到了極致，似乎就會變得更為冷靜。這樣的感覺遍布傑瑞米全身，他面如寒霜，緊緊咬著牙。

「我很好奇，你的能力是否比得上你的牙尖齒利。好吧，那就用你的方式盡力調查吧，史特拉弗大人。不過，假如你都把話說到這個分上，卻沒能找出任何線索，到時我第一個殺的就是你。」

換做是普通人，恐怕早已被這番警告給嚇到腿軟，可年輕的公子臉上卻只有不屑。傑瑞米轉過身，不再理會那名厚顏無恥的男子，快步離開這令人生厭的空間。

他就這麼朝著家，朝著不再有人等待自己歸返的家前去。一路上，他胸中麻木且抽離的心情就連自己都感到怪異。

無論是弟弟小心翼翼搭話的聲音、馬車輪轉動的聲音，還是馬蹄踩在地面的聲音，都令他感到十分遙遠。他唯一能清楚感受到的，只有緊握在手中的那只橄欖石胸針。

無論幕後黑手是誰，他們都殘忍殺害了他的繼母。傑瑞米只想找出真正的指使者，不，他必須找出幕後黑手。

他第一個想到的可疑對象是旁支親戚，接著是與親戚有關的其他人物，說不定是舒莉娘家那邊的人。搞不好，海因里希公爵家也涉入其中。

究竟是誰殺了她？

大家都說，他是善於洞悉世事本質的騎士。但此刻的他，不僅無法洞悉任何事，更對該從何處展開調查毫無頭緒。若要說明此刻他的感受，那就只有一個字能形容——空虛。

紐倫伯勒公子說得沒錯。對於靈魂消逝的屍體悲嘆，能有什麼用處？無論說什麼，都再也無法聽見她的聲音。無論如何道歉、如何感謝、如何告白，都只是再也不具意義的空蕩迴響。

事到如今，即使他手刃每一位可能的幕後指使者，也無法喚回舒莉。即便讓每一位導致她死亡的人付出代價，她也無法復生。可是，就算他深知無法再見到她、深知無論如何都無法扭轉這一切，殘酷的衝動卻依然張著血盆大口朝他猛撲而來。

傑瑞米嚥下嘆息，抱住自己的頭。他的胸腔彷彿被鐵鍊緊緊纏住，一陣令他近乎窒息的痛苦襲來。他從來沒想過，她會以這種意想不到的方式離開他們。他就像生活在童話世界的純真小孩，在以為她會永遠留在他們身邊的虛幻錯覺中徘徊。

難道自己是相信她不會死嗎？是相信她會一如既往地守在原處，相信她的微笑、她的眼淚、她嘮叨的聲音，會永遠留在他們身邊嗎？就連此刻，那聲音都還清晰地在耳邊響起……

「啊，真是的，要講幾遍？不要一坐下就把腳蹺到桌上！」

「就叫你不要每次都這麼急躁，你為什麼老是這麼衝動？」

傑瑞米真的不願去想「如果」。不，他甚至連「如果」兩字都不願意去想。但是，如果……如果他有在結禮前一晚去找她，開誠布公地把所有心結解開，或許她就不會離開了。

只是他並沒有這麼做。一如既往，他不知為何這麼拉不下臉、不知為何自己如此彆扭。或許，他是厭惡每次在她面前就變得像笨拙傻瓜的自己，才這樣錯過了最後的機會。

於是她離開了，如今剩下的就只有……他與妹妹做過的約定。即使他沒能及時履行那份承諾，但總比什麼都不做要來得好。

在難以呼吸的痛苦中，一聲嘆息自他緊緊咬住的牙關流瀉而出，乍聽之下幾近呻吟。蒙上水霧的綠眸深處，是一名驚懼不已的少年，瑟瑟發抖、淚流滿面，不斷發出悲鳴。

所有人都以為我能洞悉真相，認為我總是知道問題的解答，視我為真正無所畏懼的雄獅。可事實是，如今我的眼前僅剩一片迷霧，不知如何是好，又該何去何從。

我該怎麼做才好？我該做什麼才好？舒莉，妳在哪裡？

「辛苦了，紐倫伯勒公子。要不是你，真相恐怕將永遠埋沒。此事的調查全權委任予你，請你多加用心。」

皇帝的嗓音滿是悲痛，已超過對故友第二任妻子之死的哀悼，摻進了些許私人情緒。一旁不斷抽著菸斗的公爵，同樣露出與平日大相徑庭的慘澹神情。對於自己的姑丈與父親為何做出如此相似的反應，諾拉．馮．紐倫伯勒可是心知肚明。

「我會竭盡所能揭開真相，請交給我。」

那低沉的聲音，就連自己聽在耳中都顯得冷漠無情。即便兩名長輩都陷入悲痛之中，他仍一如既往地毫不關心。

「諾拉。」

就在他打算靜靜退下時，父親突然叫住了他。正往接見室門口走去的諾拉停下腳步，側身不解地看向公爵。

「……回家一趟吧，你母親非常擔心你。」

啊，原來是要說這個。諾拉默默想著，希望皇帝別用那種表情望著自己，視線卻始終沒有離開父親身上。父親淒涼的眼神中帶著一絲遺憾，身為兒子的他卻是不帶一絲溫度的冷漠。即使這對父子有著輪廓與顏色如出一轍的雙眼，卻傳達出截然不同的情緒。

「我要是太常在家中出沒，反而會令母親更加擔憂。我覺得能偶爾在這裡與父親碰面便已足夠。」

「諾拉……」

「繼續維持現在的做法，對我們雙方都更好。那麼，我先告退了。」

無論公爵接下來要說的是什麼，都在諾拉頭也不回地邁開步伐後失去了機會。為了掩飾這份尷尬，皇帝也忍不住乾咳幾聲。

此時，走出接待室的諾拉心想，人似乎只要上了年紀就會改變，即使是年輕時無比嚴厲的父親也一樣。就在下一刻，他遇上了一位意想不到的人物。

一名急急忙忙朝他走來的貴族小姐，以纖細的聲音喚住了他。

「那個，公子……」

心想這次又是為了什麼把他叫住，諾拉有些不耐煩地轉過頭去。出現在他眼前的不是別人，正是本案的關鍵人物——海因里希公女。不知她是打算來向皇帝請求些什麼，還是單純跟著海因里希公爵進宮，只見支吾其詞的公女穿著輕便的裙裝，肩上圍著一條披巾，臉頰還泛著微微的紅暈。

「什麼事？」

「那個……也不是為了別的事，只是想謝謝您當時救了我。我在想，不知有什麼方法能向您致謝……」

愧疚使她的聲音越來越小，在低垂的睫毛之下，那雙紫色的眼瞳正悄悄觀察諾拉的表情。一看就知道她在打什麼主意，諾拉歪了歪頭，嘴角扯出一抹微笑。

「是什麼讓小姐覺得我那麼做是為了救您？」

「什麼？啊，可是……」

「也是，我能理解。面臨婚約可能被取消的危機，再加上未來或許無法再找到其他婚約對象……會想巴著看上去顯然是被小姐迷住的公爵之子，似乎也無可厚非。」

諾拉這番話，似乎是說中了對方的心思。有些退縮的她臉上泛起一陣紅潮，眼神尷尬地閃爍。

「我只是……」

「公女這樣纖細之人，想必是無法忍受像我這種粗人。不過若您有信心，試試也無妨。」

那雙從容平靜的藍眼，瞬間蒙上一層陰影，從頭到腳打量著眼前的女人。瞬間，一股渾身發麻的戰慄令歐荷拉不自覺退了幾步。在她有意主導的這場遊戲之中，竟然沒料到對方會散發如此強烈的野性魅力，實屬她的疏忽。

「請小心您的一舉一動，公女。就算不這麼做，您的風評也早已一落千丈。」

諾拉扔下帶著冷嘲的挖苦，轉身離開這個臉色刷白、僵在原地動彈不得的女人。她還真是誤會得離譜。

確實，當傑瑞米在婚禮上像被附身一樣，緊掐住新娘的脖子時，是諾拉出手阻止了他。但他那樣的舉動，並不是基於騎士精神、基於榮譽等常見的理由。拉住那頭半失去理性的獅子時，諾拉是這麼說的：

「你沒有資格這麼做。」

沒錯。他之所以拉住傑瑞米，只是為了說這句話。一位愚蠢的公女要以多麼不名譽的方式死去，跟他一點關係也沒有。你們沒有如此憤怒的資格，他只是想讓對方明白這點罷了。

在諾拉．馮．紐倫伯勒公子年幼時，在他天真地分不清現實世界與童話國度時，曾目睹造訪他家的表哥，將書架上裝飾用的菸斗摔壞的情景。

他已經不記得那是多麼貴重的物品，他唯一記得的，只有表哥卑鄙地將過錯推給在旁玩木劍的他，以及父親緊握著他的肩膀，雙眼直視著他，不斷逼迫他承認的模樣。

「你說不是你做的？證人就在旁邊，你還否認？難道是太子殿下在說謊嗎？」

面對接連不斷的冷漠質問，他只能拚命搖頭否認。就在那時，他生平第一次被父親掌摑。或許這並不是什麼大不了的事，小時候發生的事，何必這麼小題大作。

問題是，他那貴為帝國皇太子的表哥，卻從來沒有停止類似的把戲。

西奧博爾德皇太子自幼便是優雅與善良的楷模，形象完美無缺。起初，就連諾拉自己都認真想過，或許是他誤會了什麼。

就在他意識到，自己自幼打從心底信任、追隨的表哥，正在挑撥他與父親的關係時，他們父子之間的信賴早已出現裂痕。而他那嚴厲的父親，最不能忍受的事情便是說謊。

不知從何時起，諾拉在親戚口中成了無藥可救，開口便是找藉口推卸責任的頑劣少年。不論他多努力想解開誤會，都無法扭轉已然深入人心的烙印。唯一還有希望挽回的，只剩下他的母親。只是母親本就是體弱多病的心軟之人，實在幫不上諾拉什麼忙。

他的少年期陰鬱且孤獨，那些無論發生什麼事都應該支持他的人，所作所為卻與徹底背棄他無異。這比父親嚴厲的教誨、比母親小心翼翼的對待都更讓他受傷。生下他的人都不願意相信他了，又有誰會真心站在他身後支持他？

也正是因此，諾拉才痛恨宴會。不光是宴會，他恨透了每一種正式活動。他不願在那些場合，若無其事地裝出家庭氣氛和諧的模樣，也痛恨在這些場合上，一有機會便不留痕跡貶低他的表哥。只是當他表現得越是明顯，就反而越使自己受到傷害。

某天，在他十四歲左右的聖誕節前夕，他再也受不了這一切，本想與父親正面對決，最後卻只是招來一頓毒打，並獨自被留在家中。他本來就不喜歡宴會，能有藉口留在家中也正合他的意，只是他興起了想給父親難堪的念頭，便在宴會開始後才出發前往皇宮的宴會廳，刻意不遮掩臉頰上那青一塊紫一塊的瘀痕。

但剛到皇宮，他便突然有些膽怯，因而在宴會聽入口徘徊，遲遲無法入內。憑藉著年少輕狂的傲氣來到這裡，但真的到了門口卻有些後悔，同時又有些羞愧。正當他考慮要不要乾脆離開，他在離宴會廳有些距離的亭子裡，看見了一名孤零零的女子。

不知是為了什麼，女子獨坐在裡頭哭泣。一頭粉色長髮垂落，潔白的雪落在上頭，蒼白的臉龐在冷風吹拂下微微泛紅。外頭氣溫這麼低，她卻一個人默默飲泣。

諾拉第一次見到這樣的女子，他帶著好奇心，下意識朝亭子走去。

「妳為什麼在哭？」

神奇的事發生了。聽見他開口，不知受了什麼委屈，獨自低聲哭泣的那名女子，竟立刻停住。她連忙掏出手帕擦了擦淚水，朝諾拉露出微笑。

「我沒有哭。你的父母在哪呀？」

那口氣真是奇怪。不管怎麼看，這名女子應該都與他年紀相仿，但說話的語氣卻彷彿是他母親那輩的人。就在他因疑惑而有些遲疑時，女子轉過身來，睜著一雙帶著水氣的草綠眼眸看著他。

「天啊……你好像受傷了，沒事吧？」

「我不是受傷，妳為什麼在哭？」

他繼續追問，只見她有些猶豫，接著才露出淺淺的微笑。

「人生在世，往往得做許多討厭的事，所以才會這樣。那麼，你又是為什麼在哭呢？」

為什麼在哭……？他可沒有在哭。如果是背部被藤條抽到幾乎要皮開肉綻，還被罰跪好幾個小時的昨晚，那他或許真的有哭出來，但現在可沒有。眼前這名女子為何會這麼說？

「哭什麼哭？我才不會做這種事。除非是我真正在乎的事，否則我才不會流半滴眼淚。」

他沒好氣地回應，而就在下一刻，一隻冰冷的手輕輕撫上他帶著瘀青的臉頰。這是他始料未及的舉動，因此下意識甩開那隻手，並向後退了一步。

「妳、妳這是在做什麼……？」

她依然微笑地望著他，也讓諾拉想要辯解自己真的沒有在哭。但偏偏就在這時，一名洋娃娃般的金髮少女從廳內走了出來，宏亮的聲音打斷了他們的相處。

「喂，假媽媽，大哥在找妳！」

「糟糕，真抱歉。」

「真是煩死了！」

那名金髮少女沒好氣地嘟囔著轉身，女子也連忙跟在她身後離開。諾拉呆望著她的背影看了好一陣子，稍後才終於明白為何金髮少女會喚她為「假媽媽」，也明白她說話的語氣為何如此怪異。

她是諾伊凡斯坦侯爵家的臨時家主，也是已故前侯爵的繼任妻子。丈夫過世之後不到一個月便有了新歡，甚至還徹底驅逐孩子們的親戚，是知名的諾伊凡斯坦魔女、鐵血遺孀。她所擁有的種種稱外號，可是令人嘆為觀止。

即便如此，諾拉仍不相信那天偶遇的那名女子、離開宴會廳獨自哭泣的那名女子，會真如世間謠傳那般，是一名惡毒且貪婪的魔女。

她實在太過悲傷……又太過美麗，令人難以信服她的惡名。諾拉至今所見過的貴族小姐之中，沒有一個人能比她更美。

或許她也和自己一樣，受到世人的重重誤解。就像他沒有地方能傾訴，只能躲進禮拜堂一樣，她會不會也是一樣？當然，這或許只是諾拉被她的外表迷惑，而擅自做出的想像。但從她當時的模樣，以及她的繼子們對待她的態度來看，這些推測逐漸成了確信。

諷刺的是，他父母的無心之言也助長了這些傳聞。

「真是可惜啊。約亨臨走之前，真是做了不該做的事。」

啊，是啊。面對諾伊凡斯坦侯爵夫人，父親的態度總是較為溫和，而身為他姑丈的皇帝陛下也不惶多讓。偏偏他的姑姑伊莉莎白皇后，卻有著截然不同的態度。直到多年以後，他才終於明白箇中原由。

當他在十八歲那年志願加入史特拉弗祕警隊，偶然看見掛在皇帝辦公室裡那幅前皇后的肖像畫時，才終於恍然大悟。

盧多維卡皇后原本只是男爵家出身的小姐，卻一舉躍上皇后之位。她是西奧博爾德皇太子的生母，年輕時更曾一舉擄獲可謂帝國支柱的三名男子——皇帝、紐倫伯勒公爵，甚至是諾伊凡斯坦侯爵。

是因為這樣嗎？諾拉心想。是因為那個女人，與前皇后是如此相像嗎？

諾拉相當心疼她，心疼侯爵家的女家主。對她抱持善意的人，全都只是透過她在思念著某人，而對她抱持敵意的人也一樣。或許她身邊唯一能單純看著她這個人的，就只有那些繼子。但就諾拉從遠處觀察的結果，那些繼子對待她的方式惡劣到了極點，同時又存在著許多諷刺的矛盾。當然，他確實無法完全掌握別人的家務事，就像外人從來看不清他家的情況。

起初，當諾拉說要加入史特拉弗祕警隊時，公爵大發雷霆。這是當然的，紐倫伯勒唯一的繼承人，竟選擇加入比任何騎士團都要危險的史特拉弗，他自然大力反對。

即便如此，諾拉仍私下接受考試，並成功獲得錄取。有別於與氣到血管都要爆裂的公爵，皇帝卻感到十分有趣。或許他是將諾拉的舉動視為年輕人的一時叛逆，但無論如何，劍術高超的侄子自請加入直屬於皇帝的祕警隊，還是著實令他欣喜。

不過，對諾拉來說，這並不是單純的叛逆。史特拉弗這種承攬帝國所有骯髒祕事的組織，或許比他想像中更適合自己。其中最能引起他興趣的，便是與諾伊凡斯坦家族有關之事。

皇帝與已故的前侯爵，在年輕時曾是莫逆之交。是因為這樣，皇帝才會為了守護已故摯友的遺志，派遣直屬部隊暗中監視嗎？實在令人想不透。

總之，雖然諾拉徹底掌握了所有諾伊凡斯坦成員的過往行跡與目前的行動，但這都只是工作所需。而他正好能在過程中，以全新的角度了解那名年少時期曾經短暫偶遇的女子。

結果證實了那些他深信不疑的猜測。她過去所做的每一件荒唐事背後，都有著不為人知的真相。例如非法僱用傭兵等等。

他對她產生了一股奇妙的認同感，同時又感到無比新奇。這些事可真是神奇，不，該說是她這個人真是神奇。那些繼子既非她親生，年紀差距也不大，她何以能為他們做到這個地步？

與此同時，他又忍不住在心裡譏笑她那群繼子。假使諾拉能有一個像她這樣的家人，那他可絕對不會以這種態度待她，絕不會放任她受眾人指責。

父親與母親對諾拉展現的愛，若有她對那些繼子的一半，那此刻的諾拉或許會是享譽帝國的最佳孝子。

身邊就有一個無論發生任何事都會支持自己的人，這些人竟渾然不覺，實在令人心寒。

幸好，現在正是薩法維間諜頻繁出沒的時期。這起發生在離開首都維特爾斯巴赫的最後關卡——阿洛普山脈的慘案，之所以能夠迅速被人發現，正是因為少數史特拉弗的精銳正潛伏在附近。

以身為雄獅利爪為傲的隨行騎士，屍首卻淒涼散落。史特拉弗在不遠處的山谷裡發現了碎裂的馬車，裡頭空無一物。在幾乎搜遍整座山頭之後，他們終於在瀑布附近找到女人的屍首，那模樣比世人想像的還要淒慘。

不知下手的人究竟是懷著什麼心思才會做出這種事，那屍首竟遭人肢解。看來，似乎是想藉由這種把戲隱藏屍首的身分，他們費了好一番功夫才找到頭部。

諾拉一如既往，面無表情地向隊員下令。在拿著袋子蒐集散落屍塊的過程中，一個閃閃發亮的東西落到他的膝蓋上。那是一只橄欖石胸針，那天於皇宮庭院偶遇時，她的眸色就與上頭的寶石如出一轍。

難道是盜賊沒發現這只胸針嗎？不，這不管怎麼看，都不像一介盜賊的行徑。所有的情況，都在證實諾拉的猜測。

他將胸針放入口袋，抱著裝有屍塊的布袋爬上山谷。回維特爾斯巴赫的路上，他始終是與平時無異的冰冷神情，雙手卻緊緊抱著那只袋子。

在狼的記憶中，那群獅子的模樣一如童話中的主角，明亮耀眼，且閃閃動人。他們無比耀眼，最適合沐浴在燦爛的陽光之下。不管他們關起家門後是何種情景，在外頭，首都的人都憧憬並羨慕諾伊凡斯坦家的孩子。

不過，讓他們得以維持這種形象的人是誰？唯一能確定的是，那些孩子有多麼受眾人愛戴，她生前就有多麼孤獨。就像他自己，明明坐在令人稱羨的位置上，卻總是承受著孤獨與痛苦。

不過，諾拉也無法拿她來與自己比較。因為他只是一頭形單影隻、悲慘、脫離了狼群的膽小孤狼，也難怪那頭蠢獅子會對他露出不屑一顧的神情。

曾經，他很羨慕那傢伙。這份情緒現在仍然存在，只是已是另一個層面的羨慕。在那傢伙延續已故父親、美麗繼母的遺志坐上侯爵之位後，隨即像是遭人蠱惑般大肆整肅旁系親屬。能有這樣的權力，讓諾拉無比羨慕。帝國的尊貴家族一一遭逢變故，眾人卻束手無策，正是因為那傢伙擁有壓倒性的能力與名望，才能大肆揮下復仇之刃。

誰能想像得到？理應憎恨繼母的童話主角們，實際上卻懷抱著相反的心情。唯一的問題是，都已經太遲了。如同諾拉與父親的關係，早已錯過回歸正軌的機會。

人為何總在失去後才開始後悔？事到如今，那群被憤怒沖昏頭的傢伙顯得無比可笑。可笑之餘，卻也令他羨慕。至少他們是被愛的，他們肯定懷抱著無法替代或交換的溫暖回憶……與他不同。

諾拉放下短劍，一手摸著自己的下巴。找出了一個線索，其他線索便如抽絲剝繭般逐一呈現。牽涉的人物及勢力實在太多，最令他不能理解的是，就連教皇廳也差了一腳。她真的如此受到各方憎恨？真有這麼多人視她為祭品？這些事實若公諸於世，未來的政局將會如何變化？

諾伊凡斯坦血氣方剛的獅子，因為思念死去之人而幾近瘋狂。萬一他不顧一切揮刃直指教皇廳，內戰便勢不可免。若向皇帝報告此事，皇帝必定會命他隱瞞。畢竟他可是皇帝，即便私下惋惜那個死去的女人，仍不能放任帝國陷入危機。

不如先把消息透露到因憤怒而沸騰的獅子窩，而不是向皇帝報告？似乎會有個不錯的結果，不是嗎？這個狀況可真是令他滿意。

諾拉短暫抬頭，往山腳處看了看。不知不覺間冬天已然遠去，暖和的春天正緩緩降臨，是適合騎馬去野餐的好天氣。距離她命喪此地，轉眼已經過了四個月。

「請原諒我，諾伊凡斯坦夫人。妳生前所愛之人，最終都將無法倖免於悲劇……」

他並不是想幫助那群遲至今日，才終於意識到自己是多麼受到祝福的蠢蛋。過去幾個月，他不分日夜的搜索，不是為了那群無可救藥的蠢獅子。只是……只是因為，這是他唯一能做的事。

為了過去曾在下著雪的庭院裡獨自哭泣的她、唯一為他拭去眼淚的她，這是諾拉唯一能獻上的悼詞。身處必須比任何人都更效忠皇室的位置，他很好奇，世人會如何評價他這種危及皇室的作為。

或許看在他人眼理，這是無比惡劣且卑鄙的處理方式。但這就是他，就是諾拉·馮·紐倫伯勒。

事情究竟為何會變成這樣？記得年幼時，他僅僅是想成為誰的騎士，那就是他最大的願望。

然而此時此刻，他卻做著與幼時夢想完全相反的舉動。他曾經認為自己必須成為充滿熱情的正義使者，但那個夢想早已化入少年時期的淚水離他而去。對他來說，所謂的名譽，早已在幼時遭人狠狠踐踏，對血緣的愛與忠誠也落得相同下場。當時跪趴在祭壇前哭泣的少年，早已不復存在。

若將帝國當作祭品，能換回死去的她嗎？她還能回來，導正這一切的錯誤嗎？

……當然，這都不過是癡心妄想。

嚴寒離去，迎面而來的春風和煦。不久之後，便是櫻花盛開的時節。感受著與自己格格不入的春日暖陽照在頭頂，諾拉催促他的坐騎前行。

以雪白掩蓋一切的冬天來到尾聲，如今便該颳起腥風血雨。在這過程中，他的性命同樣無法獲得保障，但他並不在乎。

諾拉任由淚水滑落，就如她曾經所說的那樣。

Chapter 7 那年夏天 II

「見到您是我的榮幸，獅子們的母親。」

……到了這個程度，我不免開始覺得這種怪異的問候方式，也許是全世界王族必備的教養。

宮中交響樂團的伴奏與吟遊詩人歡快的吟唱，響徹整座會場。冷不防現身在我面前，送上這種肉麻問候的不是別人，正是薩法維的阿里・帕夏王子。

他那古銅色的臉孔、深綠色頭髮與一雙淺金色瞳眸，一如其炎熱的故鄉島國給人的印象。聽聞他今年剛滿十六，高大的個子卻有著一張可愛臉孔，也使得他看上去比實際年齡要年輕許多。

「我才覺得榮幸，王子殿下。向您介紹我的女兒。瑞秋？」

「您好，王子殿下，我是瑞秋・馮・諾伊凡斯坦。」

瑞秋原本一直在我身旁打轉，用鷹眼緊盯著我用過的酒杯。聽完我的話，她一手微微拉起質地豐厚的裙子，向王子獻上優雅的問候禮。此刻的她，儼然就是一名完美的小淑女，令人難以想像她在家中的模樣。

有機會看見唯一的女兒成為這樣的窈窕淑女，可以說是我近來少數的樂趣之一……不過，等一下……

「帝、帝國的貴族小姐個個都美若天仙這句話果然沒錯。」

睜大雙眼緊盯著瑞秋的異國王子，突然結結巴巴吐出非比尋常的讚美之詞，自然讓瑞秋那張甜美小臉同樣泛起了紅暈。咦？

「所以說，瑞、瑞秋小姐？不知道有沒有這個榮幸，邀請小姐一起跳我在這美麗國度的第一支舞？」

……不管怎麼看，都覺得王子似乎比看上去單純許多。那古銅色的臉染上羞澀的紅，支支吾吾胡言亂語的模樣，實在青澀得可以。

瑞秋眨了眨明亮的綠色大眼望著我，我則笑著點點頭。稍後，便看到我的女兒與異國的純真王子，手牽著手一起踏入舞池。

哎喲，這是多麼青澀的美好畫面呀？

「每次看到你家的小女兒，都覺得她比之前更美了。」

「紐倫伯勒夫人，您近來可好？」

「託您的福，我過得很好。皇后陛下似乎在等您……」

「……」

這可惡的皇后，連在這種場合都想折磨我，似乎不這麼做她就渾身不舒服。

我哀莫大於心死，認命地跟在公爵夫人身後，來到裝飾華麗的噴水池旁。正讓女僕們為她搧涼的伊莉莎白，見狀露出了嘲笑的神情。

「妳還真是傲慢，非得我親自派人去叫妳才願意來，是嗎？」

「先忍不住的那方就輸了呀，陛下。」

「妳今天這套禮服，真是俗氣到讓我不知該說什麼才好。看妳口味這麼不挑剔，這就給妳吃吧。」

「陛下先用，我再用用吧。」

「怎麼，是怕我毒害妳嗎？」

「這也不是不可能發生的事呀。不過，您怎麼會在這呢？在場這麼多來自外國的貴賓，您不需要親自接待嗎？」

「妳也看到那邊那位黏著妳家的活潑女兒，讓整座會場彷彿花瓣紛飛的青澀王子，以及他所帶領的使節團了吧？如果是妳，會願意在旁邊眼睜睜看著丈夫與其他國家的女人眉來眼去的模樣嗎？」

「方才那番發言不夠謹慎，我深感愧疚。」

「哼，少說那些違心之論。」

「我的真心無庸置疑。」

我與伊莉莎白就這樣唇槍舌劍地聊著天，一邊享用異國點心。一旁的海迪則以扇遮嘴，不住地呵呵笑著。哎呀，我怎麼會與皇后發展出這樣的關係，連我自己也實在想不透……

「對了，諾伊凡斯坦夫人，妳的大兒子這次會參加劍術大賽嗎？」

「他老早就擺出一副自己是大賽優勝的模樣了。公子想必也是這樣吧？」

「是啊，當然……」

「獅子與餓狼的對抗，想必會是場精采的比賽。明明身上也流有狼的血脈，真不明白我兒子為何在這方面一點資質也沒有？」

伊莉莎白口中的兒子，自然是指雷特蘭皇子。有別於同父異母的哥哥西奧博爾德，二皇子天生體弱多病且多愁善感，已有好長一段時間沒有對外露面。

「皇子殿下想必在其他方面頗有資……」

「這種膚淺的安慰還是省省吧，弟媳。要說我能指望的，恐怕還是皇太子了。雖然他們在劍術上都沒有什麼天賦……」

嘴裡吐出這麼一番辛辣評語，伊莉莎白皇后的藍眼裡卻隱約透著苦澀。我試著想像二皇子拿劍與人對打，卻笨拙跌倒的模樣，隨後便決定不再繼續想下去。

既然出身代表天子的帝王之家，實在不是非得學會舞劍不可。

「總之，叫公子有空多來皇宮走走吧。表兄弟之間關係這麼疏淡，實在太不像話了。」

這樣一句提醒，讓體弱多病的公爵夫人像是被什麼戳中般，微微有些驚慌，隨即又忍不住嘆了口氣。

「皇后陛下，您也知道……」

「我那傲慢自大的姪子，每次看到皇太子都恨不得衝上去撕咬一頓的事，我自然心知肚明。不過也不能一直這樣放任他吧？話說回來，諾伊凡斯坦夫人那目中無人的長男，似乎跟我姪子非常合得來。該不會是夫人要他們排擠皇太子吧？」

「還真被您猜中了。身為帝國的繼承人，理應體驗一下孤獨的滋味才是。」

「哼，妳說這話也不無道理。」

陪皇后閒話家常了好一陣子，我才離席去查看我們家那幾隻獅子的狀況。雖然他們現在已經不會鬧事，但我至今還是無法完全放下心來。畢竟他們本來就很會闖禍……唉。

看樣子，瑞秋與阿里．帕夏王子還算聊得來。而且，那位王子看起來對我女兒一見鍾情，這只是我的錯覺嗎？

至於萊昂，則跟年紀相仿的其他貴族公子待在一起，帶著一副老學究的表情與他們聊天。艾利亞斯則一如既往，正與一群貴族小姐打情罵俏。

哎呀，這傢伙。好吧，我還寧願他一直都是這樣，只要別浪費力氣去惹出其他麻煩事就好。該不會我們艾利亞斯真的……

「您聽過天鵝廳的傳說嗎？」

「……閣下？」

嚇我一跳。不知何時來到我身旁，冷不防丟出一個問題的人，實在是出乎我的意料。我至今的人生加總起來，他與我對話的次數可說是屈指可數。

有別於我的驚訝，沉默之鐘依舊以其獨有的深沉目光緊盯著我，隨後才開口說道：

「直到三百年前，這座宴會場都還被稱為天鵝廳，原本是皇后陛下的私人場所。」

這件事我也知道，只是這地方竟有所謂的傳說，我還是第一次聽說。話說回來，怪了，他為什麼會突然對我說這麼多話？我難道終於有機會一窺那神祕視線的真相了嗎？

「這真是有趣的故事。但既然是傳說的話……？」

「自然與在天鵝廳封閉之前，曾經貴為皇后的某位女性有關。」

這名聖職人員年紀尚輕，卻已有傳聞說他是下任教皇人選。他的嗓音雖尖銳，卻又彷彿像在吟誦禱文般深不可測。我不發一語，只是專注聆聽。個性難以捉摸的沉默之鐘，緊盯著我看了好一段時間，隨後才開口。

「傳說中，那名年輕的皇后與她的繼子發展出不倫之情，最後被皇帝在此地當場斬殺。您是否曾聽說過？」

我渾身的血液彷彿瞬間凍結。這樣的傳說內容讓我感覺到對方的惡意，似乎不只是分享往日舊聞那麼簡單。我不自覺瞇起了眼。

「我以為那只是成天都在猜測這種事情的人，所編造出來的虛假傳聞。閣下竟如此關注這種空穴來風的謠言，實在令人意外。」

「若是神最忠心的僕人，自然是比任何人都要對這些世俗之事……」

語氣無比虔誠的黎希留樞機主教才說到一半，便被一旁從容且漫不經心的說話聲打斷。

「哎呀，嚇死我了，你們這些人，為什麼在這種場合還非得穿成全身黑啊？我還以為你是刺客，差點要把你抓起來扔出去了呢。」

竟將穿著神聖服飾的聖職人員說成是刺客！只見諾拉大搖大擺地走了過來，

渾身散發一副只要他有心，就真的能輕輕鬆鬆把三、四名樞機主教一口氣趕出會場的氣勢。那小山般的魁梧身軀，讓他口中的玩笑話聽起來格外認真。

或許是因為這樣，我看見黎希留樞機主教微微皺起眉頭，一甩那身漆黑聖服的袍角，便轉身揚長而去。

諾拉默默盯著對方，直到他的背影消失，才一手搔著後腦轉頭望向我。

「我沒有做錯什麼吧？」

「……沒有，你做得很好。」

「那真是太好了，因為我看姐姐的表情不太對。」

他還是一樣，會在只有我們兩人的時候喊我姐姐。但我居然因為他沒有改變而感到慶幸，這會很可笑嗎？

我帶著微笑，抬頭望向他那閃著光芒的藍色眼眸。

「這種地方對你來說，實在是一點也不有趣，對吧？」

「妳看起來好像也這麼認為。比起這種無聊到極點的宴會，我還是比較喜歡街頭的慶典。」

「街頭慶典？」

「我更喜歡去舉辦慶典的街上閒晃。明天應該就是慶典的高潮了，要不要一起去看看啊？我看那隻傻獅子好像也打算上街逛逛喔。」

他口中的那隻傻獅子傑瑞米，正帶著真摯的表情，站在舞臺附近與皇宮近衛隊長談話，絲毫不理會臺上薩法維舞者帶來的異國表演。看來這一次，他也考慮要加入皇宮近衛隊。只不過，他應該不會成為皇太子的劍了……

也許是感受到我們的視線，傑瑞米突然轉過頭來對我們笑了一下，並愉快地揮了揮手。哎呀，真乖，我帥氣的大兒子。

「這提議聽起來不錯……但會不會很危險？」

「我們兩個陪妳一起，應該不會有什麼危險。」

他說得沒錯。我先是笑了笑，隨後又因瞬間閃過腦海的想法而小心翼翼地問道：

「那個，諾拉，我是以防萬一才問一問。聽說最近在貴族公子之間流行著一些東西……你有聽說嗎？」

「有。」

「……我想說的事情是……」

「我知道妳想說什麼，為什麼要突然問這個？那隻動作慢吞吞的蠢貓，不像有那種興趣的樣子啊。」

諾拉雙手抱胸，垂下眼來慎重其事地看著我。我先是遲疑了片刻，隨後才緩緩開口。

「那個，我還不太確定……但我認為艾利亞斯似乎很有興趣。他每天一到晚上就會偷偷跑出去，看起來也不像是去約會。」

「……」

「嗯，當然，在你看來，或許會覺得我是反應過度了……」

「妳有派人尾隨他嗎？」

「是有派人去跟著他，但不知道他是怎麼發現的，每次都會甩掉。可是我當面問他，他又矢口否認……」

我的語氣雖然很輕鬆，但這其實是我近期最煩惱的問題。賭博這種事，哪會是那種讓人短暫沉迷的娛樂？艾利亞斯總是做出與我所知的過去截然不同的舉動，他究竟為什麼會這麼反常？萬一那傢伙真對這種事上癮，那就麻煩大了……

諾拉摸了摸下巴，沉默地看著我，隨後才了然於胸地點了點頭。

「那隻慢烏龜不曉得這件事吧？」

「嗯，你也先別告訴他。」

「我知道了。那要不要讓我來調查一下那匹紅毛野馬？」

諾拉的提議，我自然是求之不得。只是，我也不想麻煩他來做這種事。

「不，這太……」

「妳不需要覺得抱歉。在我看來，你們家的騎士是真的有點遜。如果妳想要，我可以親自去調查那個狂妄的傢伙，每天晚上到底都溜出去做什麼。」

我們家忠心耿耿的騎士要是聽到這番言論，想必會立刻衝上來拚命。不過，他也確實有資格這麼說。他可是我們家傑瑞米唯一的敵手，除了他之外，還有誰敢這麼看輕諾伊凡斯坦的騎士呢？

「如果你能幫忙的話，我自然是很感激，但這好像還是太麻煩你……」

「沒事，我也給妳添過很多麻煩。總之，如果他真的沉迷，那就得盡快把他拉出來才是，而且我個人也很想看他挨揍。」

一派輕鬆地說完，諾拉隨即露出不懷好意的笑容。至於我呢，他願意幫忙，我自然是心懷感激。

「作為交換，妳明天要不要跟我們一起出去？」

「好啦，那就去吧，真的很謝謝你。」

哎呀，不管怎麼想都覺得與諾拉相遇，是我這一生最好運的事情之一。沒錯，就是這樣。從第一次見面開始，他就一直是正義的化身。誰能想到，當年那個偷偷躲在禮拜堂裡哭泣的少年，現在竟長成如此可靠的青年？

「諾伊凡斯坦夫人好，表弟好。」

正當我們愜意地談天說笑時，前來打斷我們的不是別人，正是身著天藍色禮服的優雅皇太子。我趕緊向他行禮，諾拉臉上的笑容則瞬間消失，換上一副陰鬱的神情回應皇太子。

「搞什麼？從沒聽你那樣喊過我。」

「表弟當然就要稱呼為表弟啊，不然該叫什麼才好？」

與帶著滿面笑意的西奧博爾德形成對比，諾拉依舊是一臉令人膽戰心驚的陰沉表情。每次遇到這種情況，他就會變得像另一個人。

「你是想來練習自己最近學會的稱呼嗎？」

「我只是想來和你打個招呼而已，你這個人怎麼還是這麼彆扭？」

「殿下也還是這麼喜歡假裝成熟穩重。」

「真要說起來，我確實是成熟的大人了，畢竟我比你還年長呢。」

「大人？哎呀，現在真是連三歲小孩都敢說自己成熟穩重了。」

……確實，單比身高，諾拉要比西奧博爾德高多了。只見西奧博爾德微微垂下頭，有些不自然地眨眨眼看向我，接著才露出尷尬至極的微笑。

「我真是……」

「諾伊凡斯坦夫人可不是殿下您的侍寢下人，為何要對這麼尊貴的人露出那種笑容？」

侍、侍寢的下人？還真是沒想到他會這麼說。不，更重要的是，繼續這樣下去，肯定要出事了。

「諾拉、諾拉？」

雖不知道確切的原因為何，但諾拉只要接近西奧博爾德，便會擺出這樣劍拔弩張的態度。我輕輕拉住他的手臂，他則看著我，眨了眨那雙藍眼。

「別說了，我們去跳舞怎麼樣？別看我這樣，小時候的我可是出了名的會跳舞喔。」

……沒想到我這輩子，竟然要用這種方式來邀諾拉跳舞。人生還真是難預測啊。我在心裡為自己掬一把同情淚，表面上則努力露出笑容。諾拉不知在想些什麼，先是盯著我看了片刻，隨後才乖乖地點了點頭。哎呀，真乖啊……！

微皺著眉頭注視我們兩人的西奧博爾德，這時開口說道：

「諾拉，我之前就一直很想問你，你為什麼那麼討厭我？」

無比尖銳的語氣，一點也不像平時的西奧博爾德。我張嘴想說點什麼，諾拉竟一把將我拉了過去，用像在看瘋子的眼神盯著西奧博爾德。

「你這是什麼問題？」

「不，我是真的不知道。如果你能告訴我為什麼，我才能努力改正我的問題，不是嗎？」

我們之間的氣氛，像被人潑了一盆冷水，瞬間降至冰點，這已經不是我能出面緩和氣氛的狀況了。就在我手忙腳亂且不知所措之時，本在遠方看著這一切的傑瑞米，突然大步朝我們走來。

「舒莉，怎麼了？」

「沒事，就是……」

「喂，這是在幹嘛？怎麼突然氣成這樣？」

諾拉沒有回答自己的好友，冰霜般的藍眼掃向西奧博爾德，冷冷地開口。

「我還真是驚訝，你竟然一直都沒變。」

「所以到底是怎麼回事，我是哪裡讓你這麼看不順眼？難不成是因為小時候的事？」

小時候的事？是在說之前提過的事嗎……？我偷偷看了諾拉一眼，發現他的眼神不是普通的凶狠。若對方不是皇太子，現在他肯定已經撲上去大打出手了，我甚至還能聽見他發出狼一般的威嚇低吼。

「你居然會親口提起這件事，我真是意外。」

「少廢話，你老實說，如果真的是因為那件事，那我們可以現在講清楚。」

「……你想再少一顆嗎？」

「什麼？」

「我說，你是想再少一顆臼齒嗎？」

諾拉的聲音聽上去雖然冷靜，卻散發著森森寒氣，霎時間令周圍氣氛無比肅殺。幾年前早他一步打飛皇太子臼齒的傑瑞米，在一旁乾咳了幾聲。

而在我的掌心之下，可以感受到諾拉的手臂肌肉繃緊，因使力而微微發顫。

聽到這句威脅，西奧博爾德顯得有些退縮，而後苦笑了一下。

「如果要這樣你才會消氣，那我甘願讓你揍幾拳。」

……雪球越滾越大了。皇太子的回應可說是寬大包容，可是我總覺得不太對勁。越是用這種方式說話，就越會刺激到對方，西奧博爾德似乎沒有意識到這點。

不曉得他們小時候的衝突是什麼，但他為什麼非得在這個場合苦苦逼問呢？這樣的對話，難道不該在更私人的場合進行嗎？

「這是發生什麼事了？」

突如其來的發言，吸引了我們所有人的注意力。四周掀起了小小的騷動，鋼鐵公爵面帶驚訝，皺著眉從人群中走了過來。

「殿下？諾拉，這是怎麼回事？」

諾拉沒有回答。別說是回答了，他甚至看都不看自己的父親，逕自瞪著皇太子，眼中閃爍著凶狠殺機。那雙有如颱風眼般刮著狂風，同時又宛如正在接受拷問般痛苦的藍眼，瞬間令我胸口一緊。

皇太子代替一言不發的公子開了口。他輕輕嘆了口氣，露出息事寧人的微笑搖了搖頭。

「沒什麼，舅父。我只是心裡有些難過……很抱歉，竟然引發了意料之外的騷動。」

「究竟是怎麼了……諾拉，你又做了什麼失禮之舉？」

「……」

「諾拉！」

感覺到氣氛變得有些詭譎的人不只有我，一旁看著事態發展的傑瑞米，也目光複雜地看了我一眼。在莫名的壓抑與衝動驅使之下，我開口說道：

「沒什麼事，公爵。是殿下說想和公子跳舞，我卻太不會察言觀色，不小心打擾到他們了。看來就是因為這樣，俗話才會說年紀大了的人都很礙事呢。」

「……哈哈哈哈哈！」

傑瑞米捧腹大笑的同時，諾拉與西奧博爾德也雙雙用不可置信的眼神看著我。誰叫你們要在這種外國貴賓雲集的場合，把場面弄得這麼難堪呢？把公私分明的規矩都忘啦？

紐倫伯勒公爵難以言喻的複雜眼神在我們之間交錯來回，隨後才尷尬地咳了兩聲。

「夫人……？」

「我想，可能需要公爵來助我擺脫這個尷尬的局面了。兒子欠的債就得讓父親償還，來，您願意陪我跳一曲嗎？」

「這……自然是我的榮幸。」

公爵圓融地回應，並以稍稍放心的表情牽起我的手。真是萬幸啊。

我們朝著舞池走去，我還回頭看了一眼。年輕的孤狼與雄鷹看著我們的表情還真是精彩。嘖，真沒想到那穩重的皇太子，竟然也會有讓我覺得他不夠懂事的時候。

至於在一旁捧腹大笑的傑瑞米，一把勾住諾拉的肩，不知在他耳邊低聲說了什麼，讓諾拉氣得朝他的肚子打了一拳。與此同時，西奧博爾德頭也不回地轉身離去。這還真是個充滿暗諭的畫面啊。

如同稍早伊莉莎白皇后所述，諾拉是皇子們在血緣上最親近的表兄弟，也是紐倫伯勒公爵家的下任家主。若他與皇太子無法和諧相處，一直是這麼敵對的關係，長遠來看對皇室沒有好處。

再加上如今皇權逐漸減弱，即便現在還有公爵能為皇室遮風擋雨，但未來該由誰來接手呢？身為小侯爵的傑瑞米，如今與西奧博爾德的交情也不如以往。他對西奧博爾德的冷淡與抗拒，明眼人都看得出來。

對皇室來說，最理想的情況，是得到紐倫伯勒與諾伊凡斯坦的支持與輔佐。要應付教權與外敵，沒有比狼和獅子更加可靠的利爪。

在這般理想未來當中不可或缺的獅子，卻在三年前與皇家漸行漸遠，而下一世代的狼也始終不親近皇家。

雖然不清楚諾拉與西奧博爾德為何會如此水火不容，但依照我從旁觀察的推論，諾拉複雜的家庭狀況，似乎與西奧博爾德脫不了關係。我甚至覺得那個煙斗的故事，或許並不是單一事件。

有著一頭耀眼的白金長髮與迷人紫眸的美麗女子正在說話。她一手捧著茶杯，一雙冷漠的眼凝視著我，以不冷不熱的語氣說道：

「他要我轉告，您不需要出席結婚典禮。」

我突然感到一陣揪心，眼前一黑，公女的臉孔便消失無蹤。

眼前的風景變換，車門被人打飛開來，馬車不斷翻滾，天旋地轉的痛楚無比清晰。護衛騎士紛紛倒下，外頭瀰漫的血腥味刺痛著鼻腔。接著砰一聲，車門徹底碎裂，一名山賊手持沾滿鮮血的大刀，帶著猥瑣的笑容撲了上來。

「別怪我們，要怪就怪妳的命不好。」

「……噫啊——！」

我再度被自己的尖叫聲驚醒，猛然從床上坐了起來，脖頸間布滿冷汗。我喘著氣轉頭，透過厚重的窗簾，看見窗外的晨光微微透進房內。

唉，最近似乎越來越常夢到以前的事了。所謂的以前，是指在我穿越時空回到過去之前。而且每一次，夢境都會結束在我死前的那一刻。我明明已經努力不去想當時的事，為何夢境卻仍如此頻繁出現？

過去三年多來，我一次都沒有認真想過，不，應該說我努力不去回想。但近來日日都夢到從前的事，讓我不得不一次次重溫自己的死亡。此時才剛從夢中醒來的我，便忍不住去回憶。

每當我回想起當時的事，我的心中總會浮現一個模糊的疑問。

……那些盜賊為何能輕易擊敗我們家的騎士？確實，當時他們有人數上的優勢。共有三名騎士護衛我所搭乘的馬車，山賊的數量估計有十五人左右。可即便如此……

「媽媽、媽媽！」

女兒輕快的嗓音傳來，將我從思緒中拉回現實。不久後，一大早便頂著一張紅通通的臉，匆忙跑進我房間的瑞秋，眨著那雙祖母綠的眼睛興奮地大喊。

「媽媽，我今天收到阿里王子的邀請，我可以去玩嗎？他說我可以騎從薩法維帶來的大象。」

哎呀，果然如此嗎？昨天的宴會上，兩人如膠似漆地黏在一起，看來他們之間的關係一下升溫了不少。

「好不好，媽媽？我有信心不會犯錯。我絕對不會做出任何違反禮節的舉動。」

眼前的情況，真是讓人忍不住笑意呢。當然，只要下定決心，瑞秋絕對能扮演好優雅到無可挑剔的淑女，這件事我很清楚，只是……

「好啊，瑞秋，妳可以去。不過，條件是要帶萊昂一起去。」

正要高聲歡呼的瑞秋突然愣在原地，眼睛眨個不停。隨後她像是吃到什麼難吃的食物一樣，表情瞬間垮了下來。

「帶萊昂？這有點……」

「怎麼了，你們小時候不是常常玩在一起嗎？」

「但那是小時候的事啦。他現在一天到晚都在看書，只會說一些很無聊的事！要是王子因為太無聊而打瞌睡，從大象上面摔下來，那不就糟糕了嗎？」

「萊昂也要一起，不然就不能去。」

我帶著微笑，語氣卻十分堅決。瑞秋也只是抱怨幾聲，還是乖乖點了頭，並靠過來摟住我的脖子，在我的臉頰上親了一下。

「知道了。不過我要穿什麼去？如果穿昨天穿過的，是不是不太好？」

「之前剛做好的那一套綠色禮服怎麼樣？應該非常能襯托妳的眼睛。」

「那件真的可以嗎？」

啊啊，真是青澀啊，太青澀了。看著瑞秋蹦蹦跳跳，開心跑回自己臥房的背影，我忍不住露出欣慰的笑容。

而就在這時，一陣驚人的咆哮聲傳來，差點就把整棟房子震垮。我趕緊起身想去查看，卻一不小心差點跌下床。

「你這傢伙為何會跑來我們家啊——?!」

……我想，肯定是與我們家老二有不共戴天之仇的傢伙跑來了。

真搞不懂，他為何每次都對客人這樣？總之，等我查出那傢伙每晚都在做什麼吧。如果真的是賭博，那他就死定了！

「奇怪耶，這個黑沉沉的傢伙，怎麼老是把我們家當自己家進出啊?!絕對是這傢伙把我的書偷走的！哥，就跟你說他是小偷了！」

「那東西也能叫作書？我還真是不知道呢。」

「喂，你真的很討人厭耶！把偷走的東西還來啦！你這變態小偷！」

「你這乳臭未乾的小子，跑去訂了那種東西，好像沒資格說我變態吧？」

「你這隻黑毛狗在說什麼啦?!誰……哇啊！幹嘛又打我啦？沒教養的混帳哥哥！」

「沒教養？你這是在侮辱養大我們的母親嗎？」

「我不是那個……哇啊！啊！」

……我們家要是哪天出現風平浪靜的早晨，那這國家可能就真的要陷入危機囉。

建國紀念慶典第二天，陽光明媚且天氣和煦。當全皇都都沉浸在慶典的氛圍之中，我們一家人卻像事先約好一樣，全都有各自的安排。

雙胞胎去拜訪來自異國的王子，艾利亞斯則說要跟昨天在宴會上認識的貴族小姐約會，大搖大擺出去了。

至於我呢，由於昨晚無意間的承諾，生平第一次要到街頭參加慶典，而且是在傑瑞米與諾拉的陪同下。我居然能與這對交情極佳的宿敵一起上街，人生實在是什麼都有可能發生啊。

「就跟妳說穿簡單點就好了，簡單點！」

我挑了件最簡樸的褐色貢緞裙，傑瑞米卻說我不該這樣精心打扮給自己惹麻煩。而他本人身上，則只是穿了非常簡單的狩獵裝。諾拉雖然也是相同的打扮，卻散發著難以掩飾，任誰一看都知道是貴族的氣質。而且他們還帶著我三年前分別送給他們的劍，一看就知道是上街參觀慶典的貴族子弟。

「不帶騎士真的沒關係嗎？」

「我們就是騎士，妳還擔心什麼？哇，妳這樣真的很傷人耶。」

「就這麼不相信我們嗎？」

「也不是……那你們到底有什麼計畫？」

「對了，計畫是什麼啊，朋友？」

「這怎麼會問我？應該是你要處理吧。」

「喂，就常識來說，邀請朋友的母親出門郊遊，就應該提供一個計畫啊。你也太無恥了吧？」

「你在講什麼，我們有所謂的羞恥心嗎？」

「啊……對耶，沒有。」

錯的是提出這個問題的我。這兩個傢伙，字典裡絕對沒有事前規劃這幾個字。

總之，在沒有隨行騎士的陪同之下，我們三人單獨外出，氣氛實屬尷尬。我不是害怕，只是覺得這樣的情景很陌生。以這種形式出外遊玩，這還是有生以來頭一遭。

乘著馬車來到皇都最熱鬧的街上，眼前的情景，讓我感受到慶典真不愧是慶典。路口拉起了布繩，讓馬車無法通過，左右兩旁則是滿滿的攤販，市集裡販售的物品從簡單的零嘴到各式雜貨，應有盡有。

沿路擠滿了精心打扮的人群、在市集中央表演的街頭藝人與吟遊詩人，甚至有許多劇團都來到外頭演出，喧鬧且充滿活力，能深刻感受到慶典的氣息。

「怎麼樣，來對了吧？」

傑瑞米回頭看著我，擺出一副得意洋洋的姿態，那雙深綠色眼眸中散發著閃耀的光芒。不知為何，他看起來比平時更加興奮，至於一旁的諾拉，看上去同樣有些浮躁。讓他們兩個如此難掩激動的原因，我想似乎並不是因為我們出來郊遊，而是另有其他。

總之，與這兩人一起漫步街頭，感覺確實比和其他隨行騎士出門安全多了。不知為何，總覺得就算此刻遭到一群盜賊襲擊，我應該也不會感到慌張。

話說回來，周遭的女性對他們兩人投射的目光，才是我最擔心的事。

「感覺確實很有趣……但跟我一起出來，會覺得無聊的可能是你們吧？」

「妳這樣說就真的很像老人耶，姐姐，妳現在才十九歲。」

諾拉嘴角帶著微妙的笑容，這一番話說得我頓時睜大了眼，而傑瑞米的眼睛則瞇得細長。短暫的沉默中，傑瑞米用要生吞活剝對方的凶惡眼神，瞪著眼前的好友兼宿敵，最後才緩緩開口道：

「你是怎樣，幹嘛對著別人的母親叫姐姐？」

即便傑瑞米的語氣尖銳又有些肅殺，諾拉卻絲毫不打算挽回不小心說溜嘴的過失，反倒是厚著臉皮頂了回去。

「那你又為什麼這樣直呼母親的名諱？」

「不是啊，我叫她名字，跟你叫她姐姐不能混為一談好嗎！」

「哪裡不一樣？她的年紀就是我的姐姐，難不成我要叫她阿姨？」

「可是你這傢伙叫她姐姐，害我也覺得我應該要這樣叫她啊！」

「那不然你也這樣叫她嘛。」

「把母親當成姐姐，這是什麼肥皂劇的劇情啊？」

「孩子們，我們到底要不要出發？」

我嘆了口氣出聲制止，這兩個在大街上吵得不可開交的傢伙，才終於停止鬥嘴，同時轉過頭來看著我。

「好，那我們就去占領這裡吧。」

「走吧。」

這兩人一搭一唱說完，便同時對我伸出了手。他們這是故意的嗎……？

兩隻大小相似的厚實手掌擺在我面前，我陷入了另一道難題——究竟該握住誰的手？

我靜靜往前走了幾步，隨後轉過身去，拉起那兩隻懸在半空中的大掌，硬是讓他們牽起對方。我朝他們微微一笑。

「來，你們要牽好手，千萬不要走散喔！」

「……嘔噁！」

他們發出怪異的哀號，彷彿摸了什麼不該摸的東西，瞬間甩開對方的手。我則趁機走到他們前頭。

……當然，很快就被他們追上了。

「居然把俊俏的寶貝兒子交到外面的男人手上，怎麼會有妳這種母親？我太受傷了！」

「你都這麼大了，還牽著媽媽的手跟前跟後，不覺得很丟臉嗎?!姐姐，妳乾脆就不要理那種人了，應該要讓孩子自己堅強起來。」

「舒莉，牽住我的手，妳要是不見了怎麼辦？」

「你這個路痴在裝什麼啊？姐姐，妳還是牽我的手吧，萬一妳不見了，可是會……」

「應該不會是你們把我丟下，而是我把你們丟下。」

我淡淡的一句話，讓這兩人短暫互看一眼，而後乖乖地點頭贊同。早就該這樣了。

「好啦，那我會怕，可以握妳的手嗎？」

「既然妳是我們的監護人，那也牽一下我吧。」

……現在的小孩到底都是怎麼學的，臉皮怎麼會這麼厚？於是我只好一手牽著一位身材高大的被監護人，擠進了街頭慶典的人潮之中。不知為何，總覺得這畫面有點詭異。

認為這個組合有些奇特的，似乎並不是只有我。一路上，無論男女老少，所有人的目光都集中在我們身上，實在令我尷尬得無地自容。

尤其是許多女孩子，盯著我身旁這兩個傢伙看得目不轉睛，幾乎就要暈過去了。咳咳，我覺得好欣慰啊。

「啊，剛剛午餐只吃了一點點，現在好餓喔。」

確實，今天午餐大家都吃得比平常少，更何況傑瑞米和諾拉根本從來就沒有吃飽過。

兩旁攤販兜售的烤肉串和小點心看起來都十分可口，但我還是不太放心。有別於我的遲疑，他們對這些食物似乎一點也不抗拒，完全沒有貴族少爺的架子。

「媽呀，這是什麼肉？怎麼這麼硬？我的牙齒都要掉了！」

「呸呸呸，這什麼東西啊？怎麼腥味這麼重？」

……當然，不會抗拒食物和食物合不合胃口，是完全不同層級的兩件事。

就在傑瑞米對付那支乾硬的烤肉串時，諾拉則瞬間吐出剛才大口咬下的魚肉派。那塊派的內餡，似乎是以不知名的魚肉製成。

嘖嘖，這兩個傢伙可還真是了不起。我確實佩服他們的冒險精神，只不過，這種地方賣的食物，哪可能會合兩位少爺嬌貴的胃口呢？

但俗話說，肚子餓的時候吃什麼都好吃。經過無數的失敗，最後這兩人依然找到了能滿足各自喜好的食物，吃得好不開心。

傑瑞米依然拿著一把烤肉串，跟硬到嚼不動的肉賭氣（他總會在奇怪的地方展現不服輸的精神），諾拉則抱著一整籃新鮮的蘋果，兩口就啃完一顆。而且他們一邊吃還能一邊說話，實在令人感到神奇。

「那是什麼？為什麼有一群雞在打架？哇，爪子上還有刀耶！」

「那叫鬥雞，你這隻無知的野貓！就跟鬥犬差不多啦。」

「喔，居然有閒錢花在這種地方，看來大家生活都過得很不錯嘛。」

「沉迷賭博這件事，無關身分或財力。」

咂了咂嘴，諾拉回了傑瑞米一句，隨後便頗有深意地瞥了我一眼。而我同樣也回了他一個意味深長的眼神。

唉，艾利亞斯那傢伙，從以前到現在都是這麼讓人擔心，一點都沒有變，一點都……

「歡迎來看新興藝術家卡拉娜赫的新作品！那位美麗動人的夫人！這件藝術品有多麼適合掛在接待室裡啊！快來欣賞劃時代的大作吧！」

什麼美麗動人的夫人，是藝術家專屬的誇飾法嗎？攤販手舞足蹈地吆喝，搭配著誇張的手勢，想拉我們到攤位上參觀。而我有些同情他的努力，便停下腳步，思考是否要上前觀看。

這時，一旁的傑瑞米開口說道：

「這一看就知道是瑞秋會喜歡的東西。」

「你要不要也多學學妹妹在藝術上陶冶的情操？」

「我幹嘛要？我是騎士耶。繪畫這種東西我根本看不懂，也沒有興趣。」

「你朋友也是騎士啊。諾拉，我記得你好像說過，你以前對繪畫也很有興趣。」

我試探性地提問，並轉頭看向諾拉。有別於對帆布上的風景畫絲毫不感興趣，只是隨意瀏覽雕塑的傑瑞米，諾拉相當認真地欣賞攤位上的每一件作品。不知為何，總覺得他的表情有些落寞。

「是沒錯……但那也是好久以前的事情了。我已經很久沒碰畫筆了，就像當時我告訴妳的，我意識到藝術應該是一種情感的爆發。」

「情感的爆發……？」

「總之，我們家的長輩不喜歡我畫畫，他們把我的畫都燒了。」

諾拉低聲回應，視線也離開了那些畫作，一臉不感興趣地轉身準備離去。但不知為何，我卻感到有些難過。

「真可惜，有機會的話我很想看看你的畫。」

「我又沒有什麼畫畫的才能。」

「只是興趣而已，不必一定要有什麼才能啊。刺繡這件事，我也是沒什麼才能。」

諾拉靜靜看著地面好一段時間，隨後不知是想到了什麼，只見他摸著嘴角笑了起來。

「當時我好像費盡力氣搶救了一本素描本……只要妳答應不笑我，我就拿來給妳看。」

「我不笑你，絕對不會。我什麼時候笑過你了？」

他不斷搖著頭的模樣讓人感到莫名可愛，與高大的身軀實在有些不搭。正當我開口想再說點什麼時，原本在小攤販上四處翻看的傑瑞米突然大喊：

「哇，這就是裸體雕像喔？舒莉，妳來看！這好像大理石！這才是真正的藝術，不對，應該說這才是真正的騙術。」

「……」

畫商正對面的廣場上，恰好有木偶戲團在表演。傑瑞米摸著被我狠狠打了一下的背，停在廣場前，睜大雙眼看得目不轉睛。

「咦？舒莉，那邊有個跟妳好像的東西。」

「這又是什麼意思？」

「沒有啦，那真的跟妳很像，妳快看。」

順著傑瑞米得意洋洋的手指看了過去，發現那才不是什麼像我的東西，只是木偶劇裡的一隻粉紅色狐狸戲偶，正隨著表演者的動作跳到了舞臺上。難道只要是粉紅色的東西都像我嗎？

「那到底哪裡看起來像我了？」

「真的一模一樣啊！喂，你說對吧……搞什麼？那傢伙又跑哪去了？去上廁所了？反正妳覺得不像就算了。」

傑瑞米露出惹人厭的笑容，就在我思考著是否要再朝他的背拍一掌時，那名在許多孩子面前熟練操弄著戲偶的操偶師，突然高喊出一句臺詞，讓我們瞬間頓住。

「喔，獅子們可憐又美麗的母親，妳究竟從何而來？妳是來自天上，還是來自大地？如果能擄獲妳的心，那我願意放棄皇位。」

操偶師另一手拿著白色的老鷹戲偶，配合歡快的語調吟唱出這樣一句臺詞。我不自覺握緊傑瑞米的手腕，視線緊盯著木偶劇場。只見原本在老鷹戲偶面前徘徊的狐狸瞬間消失，緊接著是一隻金黃色的獅子戲偶蹦了出來。

「父親的遺產就該傳承給孩子，沒有人能把她從我手上搶走！來吧，你這隻沒用的老鷹！管他是皇權還是什麼，看我全都吞下肚！吼！」

獅子伴隨著凶狠的咆哮在舞臺上穿梭，隨後朝老鷹撲了過去。拍著翅膀拚命掙扎的老鷹一消失，其他小野獸便突然現身撲向獅子。一隻烏鴉從空中飛了下來，一邊高唱：

「受審吧，罪人們！眾神憤怒！若想獲得救贖，就將那魔女活活燒死……嘎嘎嘎～」

操偶師口中發出烏鴉可笑的悲鳴，逗得孩子們哈哈大笑。在獅子戲偶獨自對抗其他小野獸時，一隻狼跳了出來咬住烏鴉的翅膀，一口將牠吞下肚。這隻狼戲玩偶將老鷹以及其餘戲偶全吞了下去，隨後衝向獅子。

這真是一場頗有深意的表演。在像我們這樣的貴族也可能出沒的廣場，上演這樣一齣放肆的木偶劇，這名操偶師也真是不簡單。而且他選的居然還是狐狸，是在暗指狐假虎威的意思嗎？

總之，我沒能看完這齣放肆的木偶戲，因為原本僵立原地靜靜看著劇情發展的傑瑞米，突然發出低聲的嘶吼。

「怎麼會有這種瘋……」

「忍住，忍耐！這只是木偶劇。」

「只是木偶劇？那傢伙現在是拿我們……」

見傑瑞米就要衝去砍下那名操偶師的腦袋，我趕緊用盡全身力氣拉住他。真是的，在這這種時候諾拉到底跑哪去了?!不對，我該說幸好他不在現場嗎？

「拜託你！那就只是戲團在表演罷了。他們又不是第一天用這種方式取笑貴族和皇族了。要是每次都這樣生氣，那只會讓自己丟臉！」

「就讓他們笑啊！看我把那傢伙給……」

「你母親都叫你別計較了，蠢蛋，你就這麼想當不孝子啊？」

當然，這可不是我說的話。木偶劇上演期間不知跑哪去的諾拉，突然回到我們身旁，摟住好友的肩膀，心平氣和地吐出這麼一句話。接著，傑瑞米以那雙殺氣騰騰的深綠眼眸死死盯著自己的好友，然後才低聲問道：

「會很不孝嗎……？」

「對。」

「話說回來，你跑哪去了？」

彷彿剛剛什麼事都沒發生一樣，傑瑞米瞬間怒氣全消，問了個有點蠢的問題。諾拉眨了眨眼，一手搔著頭並看了我一眼。

「去買生日禮物。」

「我又不是今天生日。」

「不是你啦，白痴！是姐姐的生日禮物，那時候我沒給她嘛。」

現在是什麼情況？還有些搞不清楚狀況的我轉頭一看，下一刻便愣在原地。

因為……諾拉厚實掌心上的那枚胸針，正是我極為熟悉的物品。是前世的這個時候，傑瑞米買來送我的那一枚橄欖石胸針！

那閃閃發光的草綠色寶石，被黑色的蝴蝶翅膀圍繞，就連裝飾都和當時那枚胸針一模一樣。

這份偶然令人頭皮發麻，真不知道該如何形容我此刻的感受。前世傑瑞米送我的禮物，這次竟是由諾拉送到我手上……我既感到欣慰又有些諷刺，思緒相當複雜。

見我愣在原地，傑瑞米的反應一點也不令人意外。他勃然大怒。

「你這隻雜種狗！幹嘛沒事討好別人的媽媽？」

「你這隻得了狂犬病的病貓是在說什麼？你買的那個禮物，還不是靠我幫你找的門路！」

「幹嘛現在提這件事?!」

「明明是你先開始找麻煩的！」

……嗯，總之，他們兩人似乎曾經有過什麼我不知道的交易，看來那條項鍊果然不是草原上長出來的。

我本來想將他們這樣的舉動當成孩子之間可愛的鬥嘴，最後還是決定不做任何反應。畢竟在人來人往的廣場上，用欣慰的微笑看著兩頭巨大野獸互掐對方，那畫面實在令人不敢恭維。

「咳，總之，姐姐，我覺得這跟妳那個白痴大兒子送妳的項鍊非常搭。」

「哈！這東西跟那項鍊能比嗎？舒莉，我送妳的禮物比較好，對吧？」

老實說，這兩樣東西實在無法互相拿來比較。這是當然的了，畢竟那條項鍊跟這枚胸針，對我來說都相當有意義。

「真的……謝謝你，我會好好珍惜的。」

我勉強露出微笑接過胸針，只見諾拉有些難為情地再度搔了搔頭，隨後便露出開朗的笑容。他那純真的模樣，讓我有那麼一瞬間彷彿看見少年時期的他。而傑瑞米自然是不滿地抱怨了起來。

「這是犯規啦！一點都沒有騎士精神！」

「你要是覺得委屈，那也去買點什麼啊！」

「送生日禮物這個機會我已經用掉了啦！你這卑鄙的傢伙！」

兩名身形高大的青年在廣場中央大聲吵了起來，自然讓不少人把目光集中到我們身上。我稍早的感動也因此瞬間煙消雲散，滿腦子只想假裝不認識這兩個傢伙。

不知是否因為正值盛夏，雖然時間已經有些晚了，天色依然十分明亮。我們走進一間看起來還算乾淨整潔的餐廳，外帶了餐點後，在能一眼眺望慶典街頭的山丘上，找了個樹蔭坐下用餐。

風和日麗的天氣裡，我們被綠蔭所環繞，頭頂的白楊樹傳來嘈雜的蟬鳴聲。

「再五天就是劍術大賽了。」

傑瑞米隨意躺在草地上，低聲說道。而諾拉則是靠著樹幹坐下，點頭回應。

「也是你成為我手下敗將的日子。」

「笑死人了，是你要成為我的手下敗將吧。」

「你可別在中途輸了。」

「你才是別輸了，我在決賽等你。」

早知道他們會打成平手的我，聽著這段對話只能微笑不語。

我打開籃子，拿起夾著肉的麵包，一邊剝開外頭的包裝紙一邊悠哉地說：

「無論是誰贏，光是你們能夠進到決賽，就已經很了不起了。」

「喔，真不愧是我最慈愛的媽媽舒莉。不過啊，我一定會把冠軍獎杯帶回來給妳。」

「這番豪語還真是讓人羨慕啊。那我該把冠軍獎盃獻給誰才好呢？」

「當然是獻給你的爸媽啊。」

「這個嘛……我不怎麼想給他們。」

諾拉以極其平靜的語氣說完，隨後便陷入靜默。

我伸進籃子裡的手因為他的話而微微僵住，這時，傑瑞米撐起上身半坐起來。他側身面對自己的朋友，劈頭說了句令人意想不到的話。

「喂，話說西奧哥講的到底是什麼事？你們小時候怎麼了？」

「不知道，發生太多事了，我不知道他是什麼意思。」

「你應該猜得到是什麼吧？」

「你知道這個要幹嘛？」

「也沒有要幹嘛，就是好奇嘛。照理來說，你們兩個應該最親近……」

「那你不也是一樣嗎？」

「看看你，動不動就想把焦點轉到我身上！這種手段實在是太狡猾了，很沒有騎士精神耶！」

再這樣下去，最後肯定又是以兩人的胡說八道作結。於是我清咳幾聲，小心翼翼地插話。

「那個，我也有點好奇。」

傑瑞米得到意外的援軍(?)，立即得意洋洋地雙手抱胸。諾拉則是一言不發，直直看著遠方，雙唇抿得幾乎和柳葉一樣細。

不知這一切盡在不言中又充滿緊張感的沉默維持了多久，傑瑞米的耐心幾乎就要見底。就在他微微一動想去揪好友的領子時，我再度開口：

「諾拉，殿下是不是很喜歡菸斗？」

喔！這次他有了很大的反應！

傑瑞米一臉不解地看著我，彷彿是在問我在胡說八道些什麼。而原本一言不發，只是望著街頭慶典人潮的諾拉，則猛然轉過頭，一臉驚訝地望著我。

「突然提什麼菸斗？」

「姐姐，妳怎麼會知道這件事？妳聽到的內容是什麼？」

「什麼菸斗啦？搞什麼，怎麼好像只有我不知道？」

這兩人彷彿下一秒就要撲上來似地，以凶狠的眼神催促我回答。我沒有多加理會，靜靜拿出已經拆下外包裝紙的食物。

不管依然瞪著我的傑瑞米，我咬了一大口麵包。諾拉也盯著我不放，用力握緊了手中的麵包，彷彿要將麵包凌遲處死一般。哎呀，食物是犯了什麼錯啊！

「我也不是自己想聽，是皇太子殿下對我說起了往事……」

「他跟妳說了這件事？是怎麼說的？」

「說什麼？西奧哥是什麼時候跟妳說的？他什麼時候來找妳了？」

「……是之前我去晉見皇后陛下時，偶然遇見了他。總之，根據我聽到的內容，他說諾拉小時候拿了你們家的一支什麼菸斗來玩，結果闖出了大禍……」

我越說越含糊，還忍不住看了諾拉一眼。他的臉色實在非常難看，被氣到說不出話來的臉越來越扭曲，最後終於哈一聲笑了出來。

那聲冷笑與其說是對這個版本的故事感到意外，不如說是因為皇太子說的話與他的猜測如出一轍，才讓他感到如此可笑。至於傑瑞米，則是一臉驚訝又有些莫名其妙。

「什麼意思，所以是你們偶遇時講的嗎？這麼短的時間，你們就可以分享對香菸有什麼看法之類的深度話題？」

「傑瑞米。」

「咳，抱歉，我只是覺得有點荒唐……」

「我也不知道殿下為何要對我說這件事。總之，我本來也覺得有點在意，一直很想當面問你。」

這頭年輕孤狼極其不耐地嘖了一聲。終於失去耐性的諾拉，大手朝著膝蓋用力一拍，彷彿烏雲籠罩的陰鬱眼神直直望向我。他低吼著說：

「真實情況跟妳聽說的恰好相反。」

「相反？」

「對，我當時年紀很小，根本連那東西叫菸斗都不知道。那是我八歲時的事，我那愚蠢的表哥想要模仿大人，所以才去碰那支菸斗。他根本不知道，那是我父親從薩法維外交官那裡收到的禮物。不，說不定他根本就知道這件事，卻還是選擇這麼做。總之，那該死的菸斗最後死得非常光榮，因為是被皇太子親手摔碎的。」

即便現在正值盛夏，我仍感到周遭的空氣有如被凍結了，傑瑞米似乎也有相同的感受。我們母子(?)不由得對視一眼，諾拉則垂下藍眼，以較為平靜的聲音繼續說道：

「身為皇室的姻親，理應為皇族掩蓋過失，但我年紀太小，不知道應該這麼做。看到那高貴的表哥，連眼睛都不眨一下就把責任推到我身上，我實在很驚訝。其實我父親最討厭的行為就是說謊，誰想到口口聲聲說尊敬我父親的皇太子，臉皮竟然有這麼厚……」

諾拉的嗓音感覺不出委屈。他就像宣判俘虜死刑的司令官，平靜的語氣中還帶著一絲刻薄。

「後來怎樣了？」

「還能怎樣？如果是妳，會把我們兩個之中的誰當成犯人？當然是只有我遭殃啊。」

「諾拉……以防萬一，我想確認一下，這種事只發生過這一次吧？」

我緩緩說完，接著又是一陣尷尬的沉默。

傑瑞米的眼神銳利，沉浸在思考之中，一點也不像他。諾拉則粗暴地大口咬下手上那塊夾著碎肉的麵包。在夏日金黃陽光的照耀之下，兩名青年的頭髮都無比耀眼。

我忍不住笑了出來。一直以來紐倫伯勒家那不尋常的氛圍，如今終於讓我找到解答了。原來如此，原來是這樣，果然是因為這樣……

這時，傑瑞米彷彿冷到受不了般，突然摩挲起自己的手臂。

「靠，難怪我就覺得很奇怪……那西奧哥為什麼要這樣編故事欺騙舒莉？那傢伙到底是怎樣，他到底想幹嘛？一個大男人何必要……」

「這我哪知道？那傢伙怎麼會變成這樣應該要去問他，怎麼會來問我？」

諾拉以充滿不耐的語氣回應，隨後便垂下眼來盯著我。傑瑞米搔著頭，同樣也看向我。這些不明所以又令人壓力十足的視線，讓我忍不住嘆了口氣。

「殿下一腳踢開了應該屬於他的緣分，公爵也因此失去了與孩子交心的機會。」

「對啊，我沒想到你爸是這種人，他的觀察力居然這麼差，真讓人意外。」

傑瑞米先是拚命點頭，表示他對這個結論再同意不過，隨後便嘻嘻笑了起來，朝著好友的肩膀輕捶一拳。

「不過啊，這種事你怎麼忍到現在都沒說，自己一個人悶在心裡？好歹也做點什麼警告他一下。」

「你這傢伙有全世界最好的監護人，根本不需要擔心做出這種事會有什麼後果。」

「話是這麼說沒錯，但總是要知道一些內幕，以後他又做了什麼，我們才不會被蒙在鼓裡啊。嘖嘖，你這傢伙也是挺可憐的耶。」

「你要是真的這麼可憐我，就把你媽媽給我吧。」

「少在那裡放狗屁。不過現在說出來了，心裡舒服一點了吧？」

諾拉沒有回答。靜靜仰望著天空的他，嘴角掛著一抹微笑。

建國紀念慶典第四天。

為了讓忠心的葛溫與羅伯特也能享受慶典，我讓他們也放假去了。清晨時分，我獨坐在書房裡，仔細查看前一晚匿名送來的禮物。

這些東西實在太貴重，讓我難以輕易稱之為禮物。那是一條華麗至極的白金項鍊，上頭鑲了十二顆如橡子般大的鑽石，甚至比日前傑瑞米送我的橄欖石項鍊還要更華麗。

隨禮物附上的明信片既沒有署名，也沒有印章。要不是項鍊扣環處有著一隻小小的白色雄鷹裝飾，我恐怕永遠猜不到送禮者的身分。

「禮物就在建國紀念慶典時再交給您吧。」

當時那句話是這個意思嗎？先不說我的生日已經過去許久，這禮物也太貴重了。

即便我們家族錢多到花不完，但這飾品依舊華麗到令人難以擔待。何況上頭還有代表帝國的雄鷹圖樣，那可是只有皇族才能使用的象徵。是適合皇太子婚約對象收受的禮物，卻不該作為我的生日禮物。

西奧博爾德究竟在想些什麼，怎麼會送這種禮物過來？即便這是一樣美麗至極且光彩奪目的禮物，仍令我感到無比抗拒。幾年前他對我抱持的那份青澀愛戀，應該早已冷卻才是，為何……

叩叩叩。

「舒莉，在忙嗎？」

門的另一端傳來傑瑞米爽朗的聲音。我連忙將華麗的鑽石項鍊收好，並緊緊將抽屜關上。與此同時，穿著騎士制服的傑瑞米也開門走了進來。真是驚險。

「妳在幹嘛？」

「沒什麼，就是整理一下抽屜。怎麼了？」

我努力裝出若無其事的樣子，傑瑞米則微微瞇起雙眼盯著我，似乎有些不信。

「我一定要有什麼事才能來找妳嗎？」

「……」

「咳，妳也不必露出這麼洩氣的表情吧？」

「你這麼早要去哪裡？」

「我說啊，諾伊凡斯坦夫人，您難道忘了等等有戶外宴會嗎？」

啊……對了，我一慌就忘了。雖然距離劍術大會還有幾天，不過今天的午餐時間，皇室在阿爾卑湖畔將舉辦一場戶外宴會。與其說是宴會，更像是一場狩獵大會。

男人們會在鄰近湖邊的森林裡狩獵，女人們則搭著小船，一邊享受派對一邊等待男士歸來。

這麼說來，也差不多是從這個時期開始，貴族夫人間吹起了一股參加狩獵大會的熱潮。

「像我這麼優秀的騎士，應該要先去附近偵查一下才對。」

「真是太優秀了。那你是吃完早餐了，正準備出門嗎？」

「不，我想和妳一起吃。我們家就只有妳會在這個時間起床。」

他說得沒錯。艾利亞斯和雙胞胎昨晚都玩得很瘋，現在還睡得不省人事呢。

於是我笑著起身，走出書房……不，是打算走出書房。長時間坐在書桌前思考西奧博爾德送來的禮物有什麼含意，讓我才起步腳便抽了筋，整個人往旁邊一摔。

「啊……！」

「小心……！」

要不是傑瑞米手腳俐落地攬住我，我肯定一早就撲進地板的懷抱，來一場沒有距離的親密接觸。

不是跌到地板上，而是撞進可靠大兒子的堅實胸膛，讓我鬆了口氣。正當我抬頭想道謝的瞬間，原本抱著我的傑瑞米不知為何皺起眉頭，瞬間將我推開。

他不是單純與我拉開距離，而是像甩開什麼髒東西般用力推開我。這不明所以的激烈反應，讓我又一次差點摔倒，我自然是翻了個白眼。

「你……」

「抱歉、抱歉，真的抱歉。我不是故意的，只是我也有點嚇到……」

彷彿剛才推開我的人不是他一樣，傑瑞米連忙向我道歉。看著他這番舉動，我只能強忍著尷尬開口問道：

「你老實說……我的頭是不是有味道？」

「……不是啦。」

總覺得他口是心非，我拉起自己的頭髮來聞了聞，幸好只聞到香油的味道。奇怪，就算真的不是頭有味道，依照這傢伙的個性，也會說有來捉弄我才對……

總之，跟大兒子一起單獨享受溫馨的早餐之後，傑瑞米朝氣蓬勃地向我揮了揮手，說完稍後再見便出門了。我送走他之後，正打算為中午的宴會梳妝打扮時，卻迎來了一位意外的訪客。

「夫人，那個……」

見我們家騎士的表情有些不情願，彷彿看到什麼不中意的東西，我便猜到是誰來訪了。沒錯，獅子一走，狼就來了……！他是想來找傑瑞米一起出發嗎？

「早安，諾拉，你來找傑瑞米嗎？他已經出門了。」

「我看他的臉已經看到膩了。我是來找妳的，有事情想跟姐姐報告。」

帶著一雙疲憊的眼，向我露出虛弱微笑的黑髮青年，此刻穿著一身華麗的騎士制服。他口中那富含深意的「報告」二字，讓我瞬間明白了。該不會他已經……？

「跟我來吧，你吃早餐了嗎？」

「出門前吃過了，但也可以再吃一點。」

引發問題的元凶，正在樓上無憂無慮地呼呼大睡，雙胞胎同樣也睡得正酣。甚至算準了傑瑞米出門的時間，他來訪的時間點可說是抓得非常精準。

我指示家中的女僕準備咖啡及簡單的餐點，便帶著諾拉往別館的接待室前進。我的心臟已經開始怦怦亂跳了。

「咖啡要加糖嗎？」

「不用，沒關係。啊，這是那時候說的東西。」

在我為了緩和緊張而猛灌加了大把砂糖的咖啡時，微微歪著頭看向一旁掛毯的諾拉收回了視線，將一樣物品丟在桌上。那正是有著老舊褐色封面的素描本，也是我們三人去參觀街頭慶典時提及的本子。

「你真的拿來啦？」

「妳不是說想看嗎？原來只是說說而已，真是的，太讓人傷……」

「沒有啦，沒有，我只是沒想到你真的願意給我看。」

見我真心誠意地用力搖頭否認，諾拉才略帶淘氣地露出微笑。可惡，這臭小子，不可以這樣捉弄大人！

「我可以現在看嗎？」

「先聽我的報告應該會比較好吧？」

說得也是。只是一想到就要掌握艾利亞斯詭異行蹤的線索，我竟莫名有股衝動，希望能逃避可能的真相。或許我是害怕聽到艾利亞斯真的有那方面的愛好。

不知是不是看穿了我的心思，諾拉沒有立刻將他徹夜追查我們家老二行蹤的結論報告給我聽，只是坐在那裡觀察我的臉色。呼，話說回來，昨天白天他也那樣四處跑，怎麼一點都不累啊？我真的對他有些抱歉……

「那……我不祥的預感果然猜中了嗎？」

「幾乎就是妳想的那樣。」

啊……雖然已經猜到，但我依然有些受到打擊。

「確定……嗎？那我們家艾利亞斯……」

「姐姐，妳有跟這些小鬼聊過家人的事嗎？不是現在的家人，是以前的。」

這突如其來的問題又是怎麼回事？我望著諾拉的藍雙，不自覺吞了吞唾沫。

話說回來，比起這群孩子，諾拉更了解我的娘家。雖然這並非我刻意為之，但事情就是變成這樣了。我們初次見面時，也是在我哥哥……

「沒有，因為已經沒有和對方聯絡……」

「所以他們也沒見過面囉？」

「當然沒有，我盡可能防堵這種事情發生……」

「我不是說這麼做有問題，只是因為妳家那個沒教養的二兒子常進出的賭場，老闆讓我覺得很眼熟。我一直在想到底是在哪見過他，後來才終於想到，就是三年前那個被我痛打一頓還沒搞清楚狀況的傢伙。」

諾拉上半身向我靠了過來，以低沉的嗓音加重語氣說道：

「就是聲稱是妳哥哥的那個小混混，只是大家好像都不知道。」

「……什麼？」

我吃了一驚，不自覺站起身來，桌面被撞得一震，咖啡杯也隨之翻倒。

這又是什麼荒謬絕倫的情況？我哥哥竟然來到首都經營賭場，他怎麼有辦法這麼做？那傢伙哪來的門和資金去弄出這種事業？而且艾利亞斯還在他的賭場進出……！

「怎麼會……伊格惠波子爵家在首都的門路，就只有我的阿姨而已！而且她也沒有能力這樣金援我哥哥。究竟是怎麼回事……」

「姐姐。」

諾拉微微睜大雙眼，看著我有些激烈的反應，隨後伸手拉住了我的手腕。這時我才回過神來，往下一看，發現自己腳下是碎成一地的咖啡杯。

我怎會有如此不莊重的舉動？不過，現在的我可沒有餘力去計較什麼體統或禮節。

「這到底是怎麼回事……」

我吐出一聲幾近哭泣的嘆息，諾拉則靜靜將雙手扶在我的腰上，以幾乎把我整個人舉起來的方式，扶我到他身旁坐下。接著他平靜地喚來僕人，指示他們清理地上的碎片，隨後掏出了手帕來遞給我。

一陣短暫的沉默過去，我將通紅的臉埋在手帕裡，努力整理腦中的思緒，諾拉則靜靜坐在一旁看著我。

自從我回到過去，我從來不曾感覺自己如此渺小。

「好多了嗎？」

「……好多了。讓你看到我這麼失態的樣子，真是不好意思。」

「這只是我的猜測，或許是諾伊凡斯坦旁系之中，有誰去跟你的娘家接觸。只是我也猜不出這個人為何要做這筆交易。」

這個推論很有道理，卻也是我難以理解的情況。

諾伊凡斯坦旁系與我們結怨已久，不光是我，就連孩子們也對他們沒有好感。如果他們想掌握我的弱點，為何會去接近沒有任何用處，居住在鄉下邊陲的子爵家族？即便那是我的娘家，我也早已與他們斷絕往來，他們想必無法提供任有關諾伊凡斯坦家的情報。

我感覺自己的大腦就要因過度思考的高熱而融化了。為什麼？為什麼會一直發生與過去不同的事件？這樣我前世的經歷究竟還有什麼意義？

或者這些事情當時也曾經發生，只是我從來沒有察覺？但至少那時，艾利亞斯並沒有走歪到這個地步。

至少我能確定，過去的艾利亞斯並沒有像這樣沉迷賭博。雖然他動不動就對人拳腳相向讓我操碎了心，卻從來不曾走上這條歪路。

「當初我會嫁到這個家族，就是因為我父親賭博欠下的債務。沒想到如今沉迷賭博的不是別人，竟會是我的孩子……」

「不光是那傢伙，還有不少名門正派家的小鬼都在裡面。」

諾拉用開玩笑的口氣回應我的悲嘆，並舉起一隻手細數他看見了哪些人。

「我看看，昨晚我見到的就有拜仁伯爵家次男、史溫格侯爵家次男、哈爾特斯泰伯爵家次男、雷特蘭皇子。哎呀，這麼看來，好像都是次男耶。難道他們之間建立了什麼次男同盟嗎？」

「……雷特蘭皇子？皇子殿下也牽涉其中嗎？」

「對啊，他就像是一群小屁孩的老大，我看他們好像感情很好。」

我實在是啞口無言。這麼看來，除了紐倫伯勒公爵家與海因里希公爵家，其餘身為上議會成員的貴族名門，都有孩子牽涉其中，組成了賭博聚會！

雪上加霜的是，其中竟還有雷特蘭皇子！神啊，這究竟代表著什麼？

……但不是只有我們家艾利亞斯走了歪路，竟讓我莫名有些放心，我還真是糟糕。

總之，仔細一想，事態似乎比想像中更嚴重。假使他們真的形成次男之間的同盟，為何不選擇其他更健全的交往方式？偏偏還是在我哥哥經營的賭場！這要真是偶然，那也真是太奇怪了。

「艾利亞斯應該不知道賭場老闆是我哥哥吧？」

「我觀察了一整晚，他應該不知道。好像是叫薛斯吧，那傢伙用了一個很特別的假名。」

真不知道該不該慶幸。但總之，這件事非同小可。不光是艾利亞斯，其他名門家族的子弟竟然也手牽手一起做讓家族蒙羞的事，他們這樣交好，究竟是不是好事？

「他們在那裡只有賭博嗎？我的意思是說……」

「他們只有用現金在玩大亨遊戲，還有飲酒作樂，就這樣而已，但這就是最大的問題。其實，有個比侯爵家旁系更讓我在意的人……」

「是誰？」

諾拉沒有回答。他只是垂下了眼，換上一副謹慎的語氣把話題帶開。

「總之，對於這件事，妳暫時假裝不知情或許會比較好。要怎麼拷問那個沒前途的傢伙是妳的自由，但假使妳娘家的人涉入與皇子有關的事被揭露，可能會真的很棘手。」

這話說得沒錯。外頭有這麼多的賭場，但偏偏有皇子進出的隱密賭場，竟這麼剛好是由我哥哥經營的，發生這種巧合的機率究竟有多高？無論如何把這當成偶然，都無法否定這或許是某人設下的惡意陷阱這種可能性。

究竟是誰做了這麼巧妙的安排，而他又期望著什麼？難道真得去見哥哥一面嗎？但他會乖乖把情報告訴我嗎？

不，如果是他，想必會掌握這個千載難逢的機會來敲詐我。目前還不清楚他背後是誰在操控，要是輕舉妄動，說不定只會讓自己顏面盡失。

可惡，萬一整晚跟在艾利亞斯後頭的不是諾拉，很可能會錯過這個重要的情報！幸好諾拉主動提議，幫忙查出我們家那令人頭疼的二兒子在與誰密會。

我突然想看看諾拉此刻的表情，便往旁邊瞥了一眼，諾拉也恰好轉過頭來，似乎也想看看我的表情。我們一對上眼，他便露出平靜的微笑。

「別太擔心了，這或許真的只是偶然而已。還得再多做一些調查。」

「不，我不能再給你添……」

「這是牽涉到皇子殿下的問題，已經不只是單純的家庭問題了。別看我這樣，我好歹也是皇室的外戚。」

這句話的邏輯確實很正確，我無法反駁。我只能窩囊地吸了吸鼻子，露出無力的笑容，低聲向他訴說我的感謝。

「你是真正的騎士。」

「咳，成為某人的騎士，那一直是我的夢想。」

諾拉離開後，我拿起他留下的素描本，決定立刻去找艾利亞斯那傢伙仔細盤問。有別於心中正燃起熊熊怒火的我，那個令人頭疼的二兒子才剛從睡夢中醒來，傻傻眨著那雙翡翠綠色的眼睛大打哈欠。

「哈啊……咦，幹嘛？早啊，舒莉。妳怎麼一大早就這種表情？」

我關上身後的房門，走到床邊雙手抱胸。我是很想立刻對他大吼大叫，但理性還是壓制了這股衝動。

我冷冰冰的僵硬神情，讓艾利亞斯終於察覺到不對勁，只見他一邊慢吞吞地將那頭拖把般的紅髮束起，一邊開始顧左右而言他。

「妳又想拿我的戀愛史來嘮叨了喔？我會自己好好處理啦，妳別看我這樣……」

「你欠了多少？」

「什麼？」

「你欠了多少？在賭場。」

接著是一陣短暫的沉默。我雙手抱胸，以怒火沸騰的眼神瞪著艾利亞斯，而他則好像房裡還有其他人存在般，先是四處張望，然後才搔了搔頭小小聲地說：

「我不知道妳在說什麼……」

「艾利亞斯．馮．諾伊凡斯坦！你還不知道自己現在面臨什麼狀況嗎?!我什麼都知道了，你快給我實話實說！」

我瞬間失去耐心，勃然大怒地高聲怒喝。艾利亞斯嚇得渾身一抖，不著痕跡的往後退了一點。而就在下一刻，厚臉皮的他竟也跟著生起氣來。

「啊，我怎樣啦?!妳又找人跟蹤我了喔?!我真的是……拜託妳不要這樣！我也有我的私生活好不好？」

「現在計較這些很重要嗎？你都還沒參加成年儀式，還敢提什麼私生活？還有，你真要有自己的私生活，就至少不要去做這些丟人現眼的事！」

「這哪是什麼丟人現眼的事?!別人都在做啊！而且……」

「別人？哈！好，其他貴族家的少爺和皇子殿下都在做，所以你也可以一起加入，是這樣嗎？」

他那雙深綠眼眸劇烈震動，像是在疑惑我怎麼會知道這麼多。我忍不住嘆了口氣。

「你們是打算組成什麼次男的同盟嗎？是這樣嗎？」

「……這、這難道不行嗎?!好東西都被長男拿走了，我們就想彼此建立交情，這樣有哪裡不對？」

「我沒有說不對！是因為你們說要建立交情，卻跑去賭博，所以我才會這樣！」

「大家都在賭，我玩一下也不行嗎？我們也是要這樣花花錢，才算是那個什麼……盡到貴族應盡的義務……」

「艾利亞斯！」

唔，我的血壓。約亨，再這樣下去，我可能真的會被氣死。你的二兒子究竟是像到誰才會變成這樣？

「你知道你進出的賭場老闆是誰嗎？」

「這、這很重要嗎？」

這傢伙的臉皮就像鐵打的一樣厚，絲毫不打算反省自己的過錯。我只能先讓自己深呼吸，呼啊呼啊、冷靜點，先冷靜下來……

「是我哥哥。」

「……什麼？」

「你果然不知道，你當然不知道，因為我從來不曾讓你們見過面。反正，認識那傢伙對你們一點好處也沒有，根本不需要見面。我是還不知道那傢伙究竟用了什麼手段，才能來到皇都經營這種事業，但跟他牽扯在一起絕對沒有好事，尤其對你更不好。」

我努力找回冷靜，並以最為平靜的語氣將原由解釋給他聽。艾利亞斯似乎真的不知情，只見他眨了眨呆滯的雙眼，隨後才開口說：

「妳是怕妳哥哥綁架我們嗎？」

「我不是那個意思……」

「我是不知道他有什麼門路，但那種鄉下來的窩囊廢，哪有可能把我們怎麼樣？」

「艾利亞斯！」

「拜託妳！不要為了這種小事大驚小怪好不好？我又沒跟那傢伙來往，妳到底在擔心什麼？哥哥做什麼、跟誰來往妳都不管，為什麼一天到晚找我麻煩？」

「幹嘛在這裡提起傑瑞米？傑瑞米有像你一樣沉迷賭博，還是去挑逗正經人家的小姐嗎？」

「好啦，哥哥本來就很優秀，才沒有時間去做這種白費力氣的事情。但我天生就是這樣嘛，妳想怎樣?!」

艾利亞斯情緒爆發高喊出聲，只見他雙肩起伏，瞪著我的綠眼閃爍著凶光。

我一時說不出話來。現在我眼前的傢伙，真的是艾利亞斯嗎？

「你到底……」

「怎樣？我說錯了嗎?!反正哥哥天生什麼都不用做就可以擁有一切！那我也隨心所欲一下，到底有什麼大問題?!」

「我……」

「我很清楚，妳不會因為我而離開或是不管我們，所以妳就少在那裡用這些彆腳的謊言來威脅我！妳不用說我也知道，妳只要有哥哥就好了！」

這不當的指控讓我大吃一驚。當然，跟艾利亞斯相比，我平時確實比較常跟傑瑞米聊天。但這只是因為傑瑞米比較年長，而且也是適合討論這些問題的下任家主。

四個孩子之中，最常跟我黏在一起的人則是瑞秋，不是傑瑞米。而且，最近動不動就往外跑的人是艾利亞斯，可不是我。每次我嘗試找他談談，他便會不著痕跡地溜掉。

但我們家艾利亞斯，比起他帶給別人的失落，似乎更受不了別人讓他失落。不，應該說他這個人的習慣，就是一旦情況不利於自己，就會突然大發雷霆，說出一些傷人的話。

「你怎麼能這樣說話？你們對我來說都一樣重要。我不知道你為什麼會有這種感覺，可是我……」

「少騙人了！妳以前為了保住哥哥的手，甚至還提出要撤銷跟我爸爸的婚姻！我很清楚，我們這幾個孩子之中，哥哥對妳來說最重要！所以不管我到外面去做什麼、被捲進什麼事，都不用妳管！」

澄澈湛藍的湖水在金色陽光的照耀下閃著波光，位於森林中央的廣大阿爾卑湖畔，擺放了數艘以夏季玫瑰裝飾的優雅渡船。悠閒的氣氛，與一旁忙碌奔走的騎士、馬匹與獵犬形成強烈對比，勾勒出極為衝突的景色。

「喲，你怎麼遲到啦？雜種狗。」

傑瑞米剛檢查完皇后與幾位身分高貴的女性將要搭乘的船隻，用一副極其挖苦的語氣招呼正朝自己走來的諾拉。

面對只有今天比自己早一點到，就擺出一副囂張樣的傑瑞米，諾拉並沒有多說什麼，而是乖乖接受他今天確實比較晚到的事實。

「我在路上遇到遭遇困難的小姐。」

「啊哈，看來那位小姐應該是位大美女吧？居然有辦法讓你停下腳步。」

「這部分你應該最清楚。她好像是吸引到一大群流著口水的狗了。」

「哎呀？難道是鳥王國的小鬼頭們現在要聯手了嗎？」

「別提了，甚至連還沒換羽的小雛鳥都混在裡頭呢。」

兩名青年以無比真摯的表情，進行了一段意有所指的對話，使得四周的騎士一臉疑惑，不知道這兩位前途光明的騎士，是不是一早便手牽手吃了什麼奇怪的藥，才會有這番令人摸不著頭緒的對話。

但人人心中都有疑問，卻沒人敢輕易問出口。哎呀，吃了藥的獅子和狼湊在一起，豈不是危險到了極點？一不小心，說不定遭殃的就會是他們。

認定兩名擁有大好前途的青年，肯定是一早便一起嗑了藥的一群騎士，正悄悄地從兩人身邊退開。傑瑞米則在這個時候露出罕見的真摯神情，看著摯友那張被上午的暖陽照亮的臉孔。

「好啦，到底是怎麼回事？我聽你這樣說，感覺不像是我家遇到了什麼事。」

剛才那番你來我往，還以為傑瑞米已經聽懂自己的言下之意，誰曉得對方根本沒弄清楚怎麼回事。看著好友這副呆蠢的模樣，諾拉本來想說點什麼，最後還是決定算了。

「比那更嚴重。你那美麗的母親，應該是打算在劍術大賽結束之前都對你保密，我看我們還是在比賽之前就解決掉這件事吧。」

「什麼？到底是什麼事？竟然只有你知道，而我什麼都不曉得？」

「這就是母親的愛囉。」

即便諾拉這句話是在說笑，沒想到傑瑞米竟然相當贊同，只見他有些不好意思地搔起了頭。

看著朋友這種真誠的反應，諾拉忍不住露出一抹溫暖的微笑，低聲說道：

「真是個瘋子。」

「不過，到底是多嚴重的問題？牽涉到二皇子的事，怎麼會和我家有關？這我實在是想不通。」

「也不是說不可能啊，尤其牽扯到你那個教養都拿去餵狗的弟弟。」

傑瑞米那雙深綠眼眸瞬間失去溫度。而與他對望的那雙藍眼，也不知何時變得極為冷漠。

「跟那傢伙有關……果然是女人的問題嗎？」

「不，比那更嚴重。那些帝國貴族名門的次男，似乎形成了一個非常堅固的聯盟，而且還是與賭博有關的聯盟。」

「……你這傢伙，就算是你，也不能隨便說這種話……」

「但比這更嚴重的問題是，促使這個聯盟成形的人，是你母親的哥哥。」

「……諾拉！這到底是怎麼回，拜託你可以把話說清楚一點嗎？」

見唯一的好友這樣激憤地怒吼，諾拉先是不耐煩地嘖了幾聲，隨後才盡可能簡略地把來龍去脈說給傑瑞米聽。

「包括你那個不懂事的弟弟在內，好幾個上議會貴族家的次男，現在建立起一個親密的賭博聯盟。他們的頭頭就是二皇子，更糟糕的是，他們的會面地點就在你母親的哥哥所經營的賭場。你有見過你那個舅舅嗎？」

這段話要是被舒莉聽見，她肯定會氣得出手教訓諾拉。這兩位十來歲的騎士之所以能建立起如此深厚的戰友情誼，最重要的基礎之一就是互相交換稱得上是機密的情報。若要說不知道這一點是舒莉的疏忽，那她也真的只能認了。

「沒有，我以前有對這件事感到好奇，所以曾經問過舒莉，但她好像不怎麼想講。」

「這是當然的。反正，現在牽涉到二皇子，這可是一不小心就會背上謀反罪名的大好機會，你覺得怎麼樣？」

兩人陷入一陣沉默。傑瑞米眨了眨眼，像是在調整自己的呼吸，接著突然握住掛在腰間的劍柄，咬著牙低聲嘶吼。

「……看我把那傢伙給宰了！」

「忍耐。我當然很希望你可以好好處理那傢伙，但這不是現在最要緊的問題。」

「還有比這更緊急的問題嗎？」

「是啊，問題在於你那慈愛的母親，並不曉得你已經知道了這件事。更何況，這也不是去教訓那個沒教養的傢伙就能解決的事。如果想靠我們自己解決，你就得先忍耐。你應該已經過了胡亂闖禍，最後讓媽媽來幫你收拾爛攤子的年紀了吧？」

年輕公子最後補上的這句話，讓差點就要跳上馬直奔回家的傑瑞米立刻打消念頭，一臉陰鬱地瞪著自己的好友。

「好吧，那我們得先去處理誰？是那個愚蠢的二皇子嗎？」

「我不覺得二皇子有能力可以策劃出這麼縝密的行動。更何況做出這種事，他還得背負遭受謀反指控的風險。」

「那究竟是誰……」

「會設這個局的人，肯定是事態一旦朝最壞的方向發展，就能獲得最大利益的人。這件事要是立刻曝光，牽涉其中的家族可都無法全身而退，這不是重新鞏固皇權的大好機會嗎？」

諾拉以平靜的語氣與神情，說出駭人的結論。傑瑞米搔了搔頭。

「不是皇室就是教團了吧。」

「教皇廳想必也不會希望皇權再度擴張吧？像現在這樣，貴族們想辦法適度牽制皇權，才是對教權比較有利的情況。事態說不定會擴大到危及貴族的立場，現在去捅這個蜂窩，對教團可沒有好處。」

「那你爸或皇帝陛下在背後指使的可能性有多高？」

「我不是沒想過這個可能，但應該不是。」

「怎麼說？」

還問怎麼說？自己為何會得出應該不是這兩人在背後指使的結論，說明起來可是相當複雜，更何況那還只是相當膚淺的推論。於是諾拉決定拿其他理由來搪塞。

「這個計畫看似縝密，其實漏洞百出。這可是大家族的次男們，以雷特蘭皇子為首，深夜偷偷聚在一起賭博、交流感情的情景。更何況賭場的經營者不是別人，而是聯盟成員之一的舅舅。你不覺得幕後之人是誰根本呼之欲出嗎？甚至明顯到會讓人懷疑這個結論。」

「這……」

「就我所知，我家那個老頭，肯定會勸皇帝不要搞這種明眼人一下就能看出破綻的手段。用這種拙劣手段陷自己於不利的境地，只需要三年前那一次就夠了。」

「唉，可惡，我就是這樣才討厭政治。那到底是哪個該死的混帳，會為我們家舒莉挖這種蠢陷阱？」

「你站在舒莉的立場想想吧。」

「什麼？」

「年僅十四歲的她，當年可是因為父親賭博欠下的債務，才被賣給年紀足以當她父親的男人當續絃。更糟的是，結婚兩年丈夫便過世，還立了遺囑將令人頭疼的家族權柄全交給她。

「除此之外，她還得照顧與自己年紀相仿又惹人嫌的四個繼子。即便如此，她依然忠實履行了丈夫留下的遺言。偏偏這個家的長男對皇太子動手，差點因此送命。

「最後她只能公開自己的閨房之密，好不容易才挽救了愚蠢長男的一條小命。誰知道，現在居然換次男來讓她操心。更糟糕的是，讓她面臨這種處境的，恰好就是當年把她父親害慘了的賭博問題。」

諾拉的口氣無比尖銳，這番話實在令人無從反駁。傑瑞米只能半張著嘴，一句話也說不出來。

看在諾拉眼裡，這樣的傑瑞米像極了被獵物狠狠反擊之後，只能呆愣在原地的獅子。最後他又補上一句：

「不覺得這些事，完全足以讓她失去對你們的耐心嗎？」

「……喂，你少在那裡隨便亂猜！舒莉絕對……！不，就算真是這樣，舒莉身旁也還有我……」

「我知道，但其他人不知道啊。」

「你現在到底是想說什……」

「是誰會想要牽制貴族勢力，同時又希望你母親與你們之間產生嫌隙？是誰有能力匿名替來自鄉下的無賴開一間賭場，還能煽動那隻羽毛都還沒長齊的小小鳥，去搞這種一不小心便可能遭到重罰的事？這些都是讓我感到相當熟悉的挑撥離間伎倆，天生在這方面有卓越才能的傢伙，我剛好就知道一位。」

兩人陷入一陣沉默，傑瑞米顯得有些慌張，他彷彿被人釘在原地，只能惡狠狠地瞪著諾拉。最後，他才低聲說道：

「是那隻愛菸斗的臭鳥？」

「對，就是那隻比較大的鳥崽子。」

「那傢伙為什麼要挑撥我們跟舒莉的關係？他該不會還……」

「他為什麼要挑撥我跟我家老頭的關係，至今都還是個謎。」

「媽的，他到底是想幹嘛啊?!」

血氣方剛的年輕雄獅氣得大聲咆哮，聲音響徹整座蒼鬱的森林。原本乖乖在一旁列隊的馬匹，則被嚇得高抬起前腿嘶叫出聲。獵犬紛紛吠了起來，原本還悠然自得在枝頭穿梭得鳥兒，則趕緊振翅飛離現場。但傑瑞米絲毫不管周遭的情況，他有如傳說中的飛龍，在現身時發出震耳欲聾的嘶吼。

不堪入耳的辱罵言詞接連不斷，再勇猛的騎士聽見都會想摀住耳朵。面對醜態畢露的好友，諾拉沒有置之不理，而是耐著性子回應他的每一句話。

「一群乳臭未乾的小鬼，到底是在給我亂搞什麼？你說什麼？次男的同盟？真他媽的有病！我看根本是蠢貨同盟吧！」

「確實，這個名字比較適合他們。」

「到底為什麼這蠢貨，不，這低能兒，不，這無腦的傢伙為什麼會是我弟弟啊？蠢成這樣，我真的分不清楚他是天生就是個白痴，還是努力想當個白痴？」

「這通常不是值得努力的事吧？我想應該是天生的。」

「我這次一定折斷那傢伙的腿……不，那傢伙要是結婚生子，肯定會對帝國未來造成嚴重的後患，我絕對會讓他連個男人都當不成！」

「我要稱讚你這強烈的愛國心，真是有騎士精神。」

原本在附近的騎士們，此刻都已經遠離兩人，沒有一點想靠過去的念頭。雖不知道傑瑞米為什麼會這樣大發雷霆，但說不定一個不小心，連他們也會當不成男人！要真的發生這種事，那可是極為駭人的慘案。

就這麼殺氣騰騰地咆哮了好一陣子，傑瑞米終於恢復冷靜。在他喘氣的同時，諾拉轉頭往湖邊看去，語氣認真地說道：

「你先忍著點吧。等到了劍術大賽前一天晚上，場面肯定會更盛大。」

「更盛大？」

「因為到時，全國上下都會開始下注。光是賭在你跟我身上的錢，肯定就是天文數字吧？雖然不知道你那愚蠢的弟弟會賭誰贏就是了。」

諾拉這一番話，絲毫沒有讓傑瑞米因為有個愚蠢的弟弟而感到羞愧，反倒是羨慕起根本沒有弟弟的朋友來了。他低吼著說：

「那我們就要在那天晚上，徹底解散那個鼻涕蟲聯盟的聚會。」

不知不覺間，太陽已高掛空中，參加狩獵大會的賓客紛紛抵達，湖畔顯得略為擁擠。

在身著銀色制服的皇宮近衛隊護衛之下，皇族抵達現場。此外還有薩法維國與條頓國的貴賓、眾多樞機主教、其餘的高階貴族與其子女，加總起來形成相當可觀的人潮。

平坦的草原上，擺放許多張鋪著白色桌巾、擺滿美食的桌子，四周則架起了遮蔽熾熱陽光的帳篷，讓賓客能一邊享用餐點，一邊眺望天鵝成群悠遊的湖畔景緻。

包括已屆參與狩獵年齡的貴族公子在內，男性全都聚集在馬匹附近，而貴族夫人與小姐則三五成群乘坐在渡船上，相互寒暄、拿著扇子為彼此搧搧風。

湖面上有數艘裝飾豪華的船，其中一艘為皇后以及幾位貴族夫人專屬，其餘的船隻則由不同的小團體各自分占。

「那個……傑瑞米爵士？」

一旁傳來的羞澀嗓音，讓正在第二次檢視馬匹狀態的傑瑞米轉過了頭。

來者是一名有著白金長髮的貴族小姐，看上去確實非常眼熟，卻絲毫想不起叫什麼名字。只見她雙頰泛紅，支支吾吾的模樣顯得有些侷促。

「您需要什麼嗎？」

「……不，我……只是想跟您說，希望您不要受傷，也祝您能夠獵到許多獵物。」

說完，這名有著紫色眼眸的貴族小姐眨了眨眼，並遞出了一條手帕，上頭有著以金色絲線完成的精巧刺繡。

傑瑞米想了一下，不知該不該把稍早他已經收過無數條手帕的事告訴這位小姐。但就在他開口之前，這位不知名的小姐便將手帕塞進他的手裡，發出極為怪異的鼻音，三步併作兩步跑走了。

傑瑞米不解地看著對方的背影，隨後便聽到一旁的好友挖苦自己。

「既然要收手帕，要不要連我這邊的也一起拿走？」

嘴上說著這些話的諾拉，手上也拿著數量十分可觀、根本無法處理的手帕在擦著自己的馬鞍。那些送上手帕祝他武運昌隆的貴族小姐要是看見了，恐怕會氣到昏倒。

「你這傢伙真沒有良心。」

傑瑞米沒好氣地說著，一邊將手帕隨手塞進鞍袋。就在下一刻，一名女性尖銳的高喊聲傳入他耳裡，光聽聲音他也知道對方究竟是哪個粗魯的貴族小姐。

「哥、哥！」

「嗨，我親愛的妹妹啊，妳今天也好醜。」

「……噗！」

周圍的騎士都努力憋著，捂著嘴不敢笑出聲。瑞秋則雙手扠腰，用一雙燃燒著熊熊怒火的眼睛瞪著哥哥。那又大又圓的祖母綠瞳孔之中，閃爍著不容忽視的氣勢，彷彿是在說誰偷笑被她逮到，就要跟他沒完沒了。

「你只會用這種方式講話嗎？」

「我覺得哥哥對妹妹的稱讚，這個程度已經很夠了。你們都來啦？怎麼沒看到舒莉？」

傑瑞米低聲詢問的同時，也看見不遠處，艾利亞斯正在與拜仁伯爵的次男竊竊私語。看艾利亞斯那副天下太平的模樣，想必是不知道他遲早會被哥哥教訓到再也笑不出來。

「媽媽叫我們先過來。怎麼了，你有這麼想她喔？」

「我一直都很想她啊，妳沒有嗎？」

「我也是。所以我要跟你說，哥哥，媽媽好像哭了。」

瑞秋語帶擔憂地小聲補上一句，讓原本打算一躍上馬的傑瑞米瞬間停下了動作。

「發生什麼事了？」

「我也不太清楚，但她好像是跟二哥吵架了。雖然媽媽否認，可是我覺得他們之間的氣氛很奇怪。」

「……」

傑瑞米往旁瞥了好友一眼。那位脾氣和他一樣差的狼公子剛擦完馬鞍，一邊戴上皮手套一邊瞪著他，並用唇語威脅他說：「忍．耐。」

「……謝謝妳提供這麼珍貴的情報，我親愛的妹妹。我看我應該要親自回家一趟，去迎接我們的母親過來了。」

「對，就是這樣！哥哥，你怎麼一下就聽懂我的意思了？太陽是從西邊出來了嗎？」

只見瑞秋欣喜地點了點頭，隨即轉身跑開，嘴裡還不忘虧傑瑞米幾句。

瑞秋飛奔而去的方向，就是她的雙胞胎弟弟所在之處，也是阿里．帕夏王子的所在之處。對於他們何時變得如此親近，傑瑞米甚是不解。但隨後他便決定不再多想，跳上馬背對好友說道：

「你聽到了吧？我要回家一趟，你幫我向陛下好好解釋一下。」

「去吧，不要露餡了。」

偏偏就在這時，一道震耳欲聾的叫聲很不恰巧地傳來。

發出這無比威風的叫聲，自高空俯衝而下，在眾人頭頂盤旋的巨大生物，並不是狩獵用的獵鷹，而是在絕妙時機登場的野生大鷲。

這隻象徵俾斯麥皇室的生物，彷彿受到神的啟示，算準了時機出現在眾人眼前。激動的歡呼聲此起彼落，皇帝嘴角自然也掛上藏不住的微笑。

傑瑞米突然有些遲疑，身旁的好友正緊盯著那隻野生禽鳥，宛如撲向獵物前先估算角度的餓狼一般專注。最後，他低聲對好友說：

「我才要提醒你，你最好給我老實一點！」

自從回到過去以來，每一件事都不曾依照我的記憶發展。即便如此，我還是對這些孩子深信不疑。因為我比任何人都要了解他們的個性，所以無論發生什麼意外的事，我也都能理解、都能包容。

……可是如今，我卻覺得自己似乎被什麼蒙蔽了。不光是孩子們，我現在甚至連自己都搞不懂了！

約亨，你的二兒子究竟是像誰才會這樣?!我能確定，他絕對不是像到我！如果你還活著，想必就不會發生這種事。

讓孩子們先出發去參加宴會，一個人留在家裡難過了好一陣子，此刻我感到有些頭暈。我哭並不是因為傷心或生氣，而是因為心被壓得喘不過氣。

原本以為我比任何人都要了解這些孩子，但現在我自己也搞不清楚了。

我真的做錯什麼了嗎？我是不是在不知不覺間犯了什麼錯，才會讓艾利亞斯走上這條路？……但就算真是這樣好了，為何他偏偏要去賭博！

即便知道這一路走來並不容易，但以其他方式從頭經歷這一次，才發現這條路似乎比過往更難走。神啊！

我應該盡速前去參加狩獵大會才是，身子卻動彈不得。我就像個行動不便的老人，彎腰駝背地坐在採光良好的畫室窗邊呆看著後院。突然，我伸手拿起放在桌上的素描本，那是諾拉帶來的東西。

以滑石筆繪製而成的羽毛筆、刀子、狗、小馬與鳥，都是些少年會有興趣的可愛事物。我雙眼無神地翻著這些畫作，隨後才漸漸回過神來，專注看起素描本裡的每一幅畫。

雖然其中大多數是我們身邊隨處可見的工具或動物，但偶爾還是能看到以某個男人為主角的畫。我看不清那名黑髮男子的長相，因為畫中的他幾乎都是採背對的坐姿或睡姿。

我的腦海中，瞬間浮現那名藍眼少年帶著素描本坐在一旁，將忙碌父親的背影畫下來的模樣。是因為稍早被艾利亞斯那樣排斥嗎？我翻過一頁又一頁以男人背影為主角的素描，內心深處突然感到一陣酸楚。

這或許是因為我感到有些惆悵。在工作和休息之餘，讓孩子好好看看自己的臉，難道有很困難嗎？若是一再認為未來還有機會，或許就會永遠錯過了也說不定。

或許在未來，繪製這些圖畫的少年將永不復見。一想到這裡，我便感到心疼。

我也想起忘記何時聽到的故事，更是深深地惋惜。看似完美無瑕的公爵，為何就不能正視自己的兒子呢？我會不會也犯下了類似的錯？

我會不會太糾結於自己所知道的過去，沒能好好理解現在的艾利亞斯為何會做出這樣的行為，只是一心拿他和我記憶中的模樣來比較？或許真的是如此。

我呆坐在原地，花了一段時間進行不算反省的反省，突然一道意外的聲音把我拉回了現實。

「我敬愛的母親舒莉！妳唯一的帥氣大兒子要去打獵了，怎麼會有母親都不來替兒子喝采呢？」

……神啊，這傢伙為何會在這種時候跑回來？我連忙闔上素描本，用手背擦了擦眼角，隨即站起了身。

就在我起身的同時，我們最令人驕傲的諾伊凡斯坦雄獅，也踏著與他身材一點都不相襯的輕快步伐走進來。

「嗨，舒莉，妳哪裡不舒服嗎？只有其他人先來，害我嚇了一跳。」

只是因為這樣，他就特地從阿爾卑湖跑回家來嗎？雖然這對他來說或許不是什麼大事，但我依然很感激他。咳，不管怎麼說，稍早的事情確實讓我的心靈非常脆弱。

我雖然很想立刻將事情的原委告訴傑瑞米，但幾天後就是劍術大賽了，我實在是開不了口。雖然已經知道結果，但畢竟是重要的比賽，在結束之前，我不希望有任何事讓他分心。

……雖然我還是意外把諾拉拖下水了。唉，究竟為什麼老是會發生這些令人頭疼的事？

「大家都在等妳耶，不覺得我們很可憐嗎？」

「誰在等我？」

「因為妳一個微笑就寢食難安的人可多囉，大家只是說不出口罷了。畢竟要是隨便說出來，他們的牙齒肯定會被人拔光。」

傑瑞米一番胡說八道，卻讓我笑了出來。見我笑出聲，傑瑞米也跟著輕笑起來。他牽起我的手，輕輕在我的手背上吻了一下。

「是真的，要是妳不在，大家肯定會很難過，也會對打獵失去興致。尤其是我。我好歹是諾伊凡斯坦的雄獅，在狩獵大會上吊車尾，豈不是很難看？」

當然不能讓這種事情發生。總之，作為上議會的一員，自然不能缺席這樣的場合。因此我決定努力甩開稍早的憂鬱心情，跟著傑瑞米一起前往宴會所在的阿爾卑湖。

我們抵達時，午餐盛宴已經揭幕。在明亮的午間陽光照耀下，整座湖的景色有如畫作般美麗，一些人圍坐在帳棚下擺滿餐點的長桌旁，女士們則乘坐渡船在湖邊悠遊。再加上騎乘馬匹在林間穿梭的眾多騎士，整幅畫面像極了……

等等，這氣氛怎麼有些古怪？

「這氣氛是怎麼搞的？」

傑瑞米似乎也感同身受。宴會場的氣氛不知為何有些騷動，只見船夫們正努力搖著槳，讓船停靠在湖畔。

首先下船的，是伊莉莎白皇后與紐倫伯勒公爵夫人。遠遠看去，也能發現兩人的臉色並不尋常。她們不是往我們這邊看，而是伸長了脖子注視著連接宴會場與狩獵區之間的那條小徑。圍坐在桌邊用午餐的其餘男士也有著相同的反應。

「皇后陛下？」

我才剛下馬車，便立刻往皇后所在之處走去，站在她身旁一臉蒼白的公爵夫人，則立即抓住了我的手。她的手不知為何顫抖得十分劇烈，連我被她握住的手也跟著抖了起來。

伊莉莎白皇后則像被釘在原地，一動也不動地佇立。難道是兩位皇子之中的誰，在狩獵時受傷了？但我注意到雷特蘭皇子與他的父親一同坐在桌邊，西奧博爾德則與阿里．帕夏王子一同，在一群騎士的簇擁之下，策著馬從狩獵區往這裡過來。

他們後方拖著一張網子，裡面裝的是一頭大腿中箭的馴鹿。既然皇子已成功打到獵物，為何大家的表情絲毫感覺不到欣喜？

稍後，我才終於明白這如履薄冰的氣氛起因為何。簡單來說，就是我看見西奧博爾德一行人後方，有名男子騎著高大的馬匹緩緩現身。

到這裡都還頗為平常。真要說問題在哪，就是那名男子以極快的速度來到皇太子與異國王子面前，將扛在肩上的巨大獵物扔在地上。

不，與其說是動作引發了騷動，更應該說是那頭獵物大有問題。只見那一刻，四面八方傳來驚訝得倒吸一口氣的聲音。

「那到底……」

啪噠！

皇帝手中的黃金酒杯無力地掉落在草地上，紐倫伯勒公爵手上的菸斗也搖搖欲墜。我實在不知該如何形容此刻兩人臉上的神情。

至於緊抓著我的海迪，則彷彿隨時都要昏倒了。伊莉莎白也緊咬牙關，看上去同樣隨時都可能昏厥過去。

這也難怪。那獵物不知是不是掙扎得太過頭，如今只能虛弱地躺在草地上，無力拍動牠巨大的翅膀。引發此情此景的獵物，正是空中帝王、俾斯麥皇室的象徵——白色雄鷹。男子究竟是以什麼方式抓住這無比勇猛的猛禽，或許只有神才知曉。

即便一口氣就讓這麼多人嚇得目瞪口呆，諾拉仍帶著滿不在乎的神情勒馬止步，用戴著手套的手擦了擦頸間的汗水，並朝我們這裡看了一眼。

「這次似乎也是我贏了。」

聽見諾拉以稀鬆平常的語氣說出這番話，本正對著在地上掙扎的獵物露出一絲同情的傑瑞米，忍不住咂舌道：

「剛剛不知道是誰叫我別露餡……我才離開一下，居然就這樣來了個下馬威，真是有違騎士精神！話說回來，你到底是怎麼抓到那東西的？」

「不知道。我追野豬追得正起勁，結果那東西不識相地跑來攪局，突然朝我撲了過來，害我這張帥氣的臉蛋差點就要受傷了呢。」

「這還真是可惜。要是真的受點傷，你的臉說不定會更好看一些。」

難道是我的錯覺嗎？總覺得此刻，生性嚴肅的公爵頭上似乎正不斷冒著煙，皇帝則是僵著臉，似乎不知道該用什麼樣的表情來面對此刻的狀況。

讓我來整理一下狀況。這裡是有外國貴賓參與的慶典宴會，而在草地上打滾的可憐白色雄鷹，正是俾斯麥皇室的象徵。

把象徵吉兆的高貴生物，當作不識相的普通鳥類射下來的不是別人，正是皇帝的外甥，也是紐倫伯勒公爵家唯一的繼承人。做出這種事的竟是與皇室最為親近的親戚，實在令人不敢任意評斷。

這時，皇太子代替陷入兩難的皇帝出面發言。優雅的皇太子不知何時換上嚴肅的表情，輕笑著開口道：

「你們還是這麼討人厭。你們兩個說好了要給我難堪，對吧？」

皇太子的話未經任何修飾，可說是相當少見的情況。而諾拉則拔出短劍，割斷了箭筒的結，並噗哧一聲笑了出來。不知是不是因為他方才的那番作為，那笑容看起來令人毛骨悚然。

「為何要把那傢伙扯進來？我沒想到殿下竟然將自己與鳥類同等視之。」

「……你說得沒錯，那不過是一介禽獸，但實在沒有必要這樣吧？你應該要想想我的心情。」

「是嗎？如果在場有誰去扒了一條狼的皮回來，我恐怕也不會感到不快。若真要這麼說，那殿下的所作所為可是冒犯了阿里王子，在外交上可是嚴重失禮的行徑呢。薩法維王朝的象徵不就是馴鹿嗎？」

「話是這麼說沒錯，但我國並不會賦予動物形象這麼重大的意義。」

阿里．帕夏王子帶著滿臉笑容，回應在場這些反應莫名嚴肅的帝國人。

我朝皇帝那邊看了一眼，只見公爵氣得渾身顫抖，差點就要將手中的酒杯朝兒子丟過去。而原本不知該做何反應的皇帝，正將手搭在公爵肩上安撫他。

若有人說那鋼鐵公爵此刻的反應是演出來的，那我必須說他真是深諳處世之道。最大的問題，就是他的反應似乎是出自真心。

「我叛逆的表弟啊，凡事都要講究分寸才行。」

「你說我不懂分寸，我有做什麼嗎？每件事情都要賦予這麼重大的意義，我實在有些厭倦了。」

對著皇太子冷嘲熱諷的諾拉，就在這時突然拔出腰間的劍。不知從哪傳來一聲驚呼，空氣也瞬間凍結。

諾拉以急忙衝向皇太子的近衛都趕不上的速度，將手中的劍往趴在地上掙扎的老鷹刺下，看也不看西奧博爾德一眼。紅黑色的鮮血噴濺而出，那隻鳥連一聲終於從痛苦中解放的悲鳴聲都沒來得及發出。

「關於分寸的事情，殿下，我才希望請您務必守好本分。」

諾拉朝著一臉扭曲的皇太子拋出最後一擊，並再次跳上馬背，頭也不回地策馬離開。

在眾人面面相覷、不知該如何是好的氣氛之中，傑瑞米率先有了行動。無論西奧博爾德此刻是什麼表情，傑瑞米都帶著從容的笑靠過去，撿起癱在地上的那隻巨鷹，一番仔細檢視後才開口道：

「這應該能夠做成非常精美的標本，陛下，您覺得呢？」

「……這個提議還真不錯，適合放在朕的書房。」

皇帝先是冷靜地回應，隨後輕嘆了口氣，並轉頭看向自己的小舅子。只見此刻正以手指關節按壓太陽穴的鋼鐵公爵，同樣也嘆了口氣。

「我實在無顏見您，陛下。」

「更重要的是，我希望你能弄清楚你兒子究竟是為了什麼，竟如此仇視皇太子。他們可是彼此唯一的表兄弟，這到底都是在做什麼……真是的。」

靜靜在我身旁搧著風的伊莉莎白皇后，這時挑了挑眉。

唯一的表兄弟這話可不正確，畢竟還有雷特蘭皇子呢。真要說血緣，雷特蘭皇子跟諾拉才是真正的表兄弟。

只不過雷特蘭皇子此刻正一如既往，擺出一副病弱的神情，靜靜坐在一旁，一邊觀察父親的臉色一邊喝著酒，絲毫不凸顯自己的存在。一點也看不出他是會每晚偷溜出去，揮霍皇室財產、與次男們舉辦賭博聚會的成熟少年。

在眾人苦澀的心情與稍微沉悶的氣氛之下，盛大的狩獵大會出乎意料地早早劃下句點。

沿著多瑙河沖刷出的河道往西再走一段路，會見到一名站在破舊房屋之間賣花的小姐，往這條路的深處指了指。那條小巷，正是人稱皇都之花的所在。

……只不過是朵開在下水道裡的花。

妓院與鴉片館遍布巷內、走幾步就能遇上扒手或強盜集團，同時也有提供占星術服務的占卜館、販售包括贓物在內等各式商品的奇異當鋪。

薛斯之家就位在這條陰暗巷道的邊陲，即便是座賭場，卻與相對較為正經的建築比鄰。只要出示籌碼給凶神惡煞地擋在入口的警衛看，他們便會立刻指引通往地下的階梯。

此處的地下室有著無數緊閉門扉，房內究竟在上演些什麼，只有神才知曉。尤其像今天這樣的日子，派對的規模更是盛大。

「喂，你還在幹嘛？你要賭誰贏？」

被人戳了一下腰間，艾利亞斯這才收回思緒。回過神後，他的視線停留在堆了滿桌的金銀財寶上。

劍術大賽四年才舉辦一次，為爭奪冠軍而參賽的戰士自然不在少數，不過賭金通常只會集中在極少數人身上。他們大多是有名望的騎士，或來自其他國家的異國戰士。尤其這次大賽中，最有望奪得冠軍的人選之一，正是艾利亞斯的哥哥。

他的哥哥奪得冠軍獎盃的可能性有多高？無論如何努力以客觀的角度分析，

他都不願意將機會壓在哥哥身上。不過，他也不願意去賭另一方獲勝。

壓抑煩惱的呻吟，艾利亞斯摸著口袋裡的金幣。此時的賭注金額已是天文數字，如果他只下這一點點，可是會成為眾人的笑柄。偏偏前幾天被舒莉逮個正著，他現在只能拿出這麼點錢來。

不過，他當然還是有能用來代替賭注的東西。

看著掛在椅背上的那把十字弩，那雙深綠眼眸中瞬間滿是苦惱。

那是艾利亞斯十三歲那年的聖誕節收到的禮物，而送他這份禮物的人，就是幾天前因為他而落淚的女子。一回想起當時的情景，艾利亞斯就覺得頭痛欲裂，他不是故意要那樣的……

總之，唯一值得慶幸的是，在場擔心會被家人發現，無時無刻不戰戰競競的，並不是只有他一人。圍坐在這張圓桌邊，忙著看下注表的那群少年，要不是與他同年，就是小他幾歲。就連銀髮的皇子都身處其中，這場聚會可說是相當高貴。

「……我想把機會給平民出身的戰士。」

「那你不賭你哥喔？」

艾利亞斯雖然很想告訴對方，他瘋了才會賭自己的哥哥獲勝，但還是決定將這句話吞回去。他將裝滿金幣的袋子放到桌上，隨後拿起掛在椅背上的華麗十字努。這舉動確實讓他心疼，不知贖回這東西的可能性有多高……

「這還真是太讓人難過了。」

突如其來的一句話，讓艾利亞斯一時間反應不過來，只能下意識點頭。他之所會愣住，是因為剛才聽到的那個聲音，是來自一個絕不可能出現在此的人。

就在艾利亞斯緩慢地、非常緩慢地意識到不對勁時，吵雜的圓桌瞬間鴉雀無聲。穿著廉價襯裙，一邊分送酒水一邊與賭客調笑的舞女，也全都愣在原地，不知看什麼看得出了神。在場五名少年那五雙呆愣的眼，都盯著不知何時來到賭場內的高大青年。

相較之下，這深夜的入侵者卻是以極為從容的神情，雙手抱胸站在桌邊，低頭看著下注表。一絲饒富興味的情緒，掠過那雙閃著陰森光芒的翠綠眼眸。

「哎呀，你們別在意我，繼續吧，快啊。」

就在樓下的客人因為這頭意外闖入的獅子，而陷入四面楚歌的境地時，樓上的辦公室，也就是在相對較為安靜、隱密，連護衛都更加嚴密之處，賭場的主人也面臨了相同的危機。

砰！

劍術大賽前夜，全首都的賭場都比平時要更加熱鬧。這時出現一個瘋子，像這樣一聲不響地破壞辦公室深鎖的大門，堂而皇之地闖入的可能性有多高？況且他手上還拿著一把不斷滴著鮮血的劍。

「你、你是……」

薛斯，不對，應該說是盧卡斯都還沒說完「你是哪來的瘋子」這句話，那名在深夜時分大搖大擺闖入賭場的入侵者，便一手掐住脖子將他高舉起來。

男子的手就像一條鐵鍊，緊緊勒住盧卡斯的脖頸，那力氣之大，實在令人感到不可思議。盧卡斯的視野瞬間發白，接著便看見一條悠悠流淌的美麗河水，以及在對岸向他揮手的祖先。

就在盧卡斯的臉失去血色，逐漸發青之時，男子才終於鬆手，將他一把甩到地上。

砰咚！

「咳！咳咳、咳！你、你是誰？是哪來的瘋子?!你知道我是誰嗎?!你要是知道我背後是誰，絕對會對今天的舉動後……」

盧卡斯大口大口吸著空氣，也不忘咬牙切齒地喊出一連串的威脅。只不過話都還沒說完，他的聲音卻越來越模糊。只見這名瘋狂的入侵者，此刻正擺出一副從容的態度，坐在窗邊以手帕擦拭沾滿鮮血的劍刃，彷彿突然闖入別人店裡行使暴力的並不是他。

機靈的盧卡斯立即意識到，那把劍上所沾染的鮮血，應該是原本守在門外的那些警衛。

「那個，您為什麼要這樣？我是不知道您有什麼誤會，但我可沒有做錯什麼事。只要您說出您的需求，我都可以滿足您。」

瞬間，盧卡斯換上無比謙恭的態度。他以哀求的語氣，展現出有別於稍早那番囂張態度的謙卑姿態。

正在擦劍的男子，只是頭也不回地回了一句。

「說來聽聽吧。」

「……什麼？」

「你背後到底是誰？說來聽聽吧。」

男子的聲音極為冷靜，那雙深沉的藍眼散發著駭人氣息，令盧卡斯渾身顫抖。

就在這一刻，盧卡斯發現眼前的人竟讓他有一股莫名的熟悉感。他感到有些怪異，他肯定在哪裡見過這個瘋子，現在卻完全想不起來了。到底是在哪見過他？

盧卡斯絞盡腦汁回想著，遲遲沒有回答，而這也為他換來了最糟的結果。終於將劍身擦乾淨的男子，小心翼翼地將手帕放在書桌的一角，接著便不由分說地抬起長腿，朝盧卡斯的腹部踹了下去。

啪！

五臟六腑彷彿徹底移位，盧卡斯感受到一股難以描述的劇痛。這時，他才終於想起自己是在哪見過這名有如黑豹的男子，嘴裡開始發出痛苦的悲鳴與幾近慘叫的垂死掙扎。

「呃啊——！你、你是那時候的那個……?!」

「我當時似乎是叫你不准再妄想，最好連夢也別做。然後還說要是再被我逮到，要把你怎麼樣啊？」

接著是一陣短暫的靜默。就在盧卡斯因回想起約莫三年前的那場惡夢而動彈不得時，這名再也不能算是孩子的男子，將白淨光亮的劍扛在肩上，站起身來緊盯著軟倒在地上的盧卡斯。

在不帶一絲情感的冰藍目光之下，盧卡斯不住顫抖，冷汗沿著他的背脊不斷流下。這樣的反應，有如草食動物在與肉食動物對峙時所產生的恐懼本能。他本能地意識到，眼前這瘋子若真想要他的命，可是比孩子折斷蜻蜓的翅膀更容易。

「我問問題你要回答啊，幹嘛支支吾吾的不說話？」

青年語氣緩慢地逼問著，表情冷靜得令人不寒而慄。

稍早前還充斥著五名少年與舞女的歡聲笑語，充滿活力的整座賭場。此刻卻瀰漫著哀戚肅穆的氣氛，絲毫不亞於正在進行告解的中央聖堂。就連吞嚥口水的聲音，在這如履薄冰的寂靜之中，都能聽得一清二楚。

艾利亞斯一方面希望聯盟(?)成員們，可以別用那種表情盯著自己，一方面只能茫然地呆看著自己的哥哥。

而傑瑞米緊盯著弟弟，目光比冬季的霜雪還要刺骨。

「你是想拿那個當賭注嗎？這把十字弩看起來挺眼熟的呢。」

「……是她跟哥哥說的嗎？」

這幾秒的靜默，有如暴風雨前的寧靜。艾利亞斯不自覺吐出愚蠢至極的疑問，而本來正面無表情盯著他看的傑瑞米，也在這時有了動作。

在毫無預警的情況下，他不由分說地舉起拳頭朝弟弟的腦袋敲了下去。

啪！砰咚！

伴隨著一陣巨響，艾利亞斯從椅子上跌落，四處也跟著發出悲慘的叫聲。舞女們尖叫著衝了出去，其他幾名少年則趕緊起身退到牆邊。

椎心刺骨的痛，令艾利亞斯擔心自己的頭骨說不定被打凹了。他噙著眼淚搖搖晃晃站了起來，不，應該說是試圖站起身來。要不是傑瑞米再度毫無預警地踹了他一腳，他想必已經成功起身。

啪、啪！啪噠！

艾利亞斯承受著無法以言語形容的劇痛，在地板上不斷打滾。他的嘴半張，斷斷續續地發出呻吟。

「呃嘔、嘔嗚……」

「坐起來啊，既然都要賭了，那就賭到最後嘛。」

將艾利亞斯當狗一樣猛踹時，傑瑞米還不忘要他繼續下注。

艾利亞斯心裡非常清楚，當他哥哥展現出言行不一致的面貌時，就是最危險的時刻。再這樣下去，他恐怕就看不到明天升起的太陽了。

就在這時，原本半掩著的門突然被一把推開，另一個人走了進來。退到牆邊瑟瑟發抖的雷特蘭皇子抬起頭，期待著救兵到來般看向門口。隨後，那雙隱約閃爍著淡藍色澤的金眸，便因為驚訝而瞪得老大。

「諾拉哥？你怎麼會在這裡……？」

當然，諾拉沒有回答這個愚蠢至極的問題。他對著退到角落，臉色嚇到慘白得另外三人做了個手勢，要他們如果還想活命就快滾。

接獲這再明確不過的逐客令，三名貴族子弟立即像屁股著火般，爭先恐後地奪門而出。丟下堆了滿桌的金銀財寶。心裡雖然很難過，但那些東西可不值得他們拿命來換。以常識來說，與其跟兩頭失去理智的猛獸對抗，還不如乖乖回家睡覺才是最明智的選擇。

雷特蘭皇子以為逐客令的對象也包括自己，便試圖離開現場。誰曉得那有如惡鬼一般的表哥，竟在這時對他挑了挑眉，彷彿在說膽敢逃跑就試試看，讓他只能乖乖待在原地不動。

就在這時，傑瑞米丟下痛到在地上不住打滾的弟弟，轉身拿起放在一旁的十字弩。

「給我解釋一下。」

那語氣實在令人恐懼，彷彿一不小心，兩名少年就會成為他練習用的箭靶。因疼痛而不斷喘息的艾利亞斯，以及彷彿目睹世界毀滅，呆站在原地的雷特蘭皇子，兩人沉默地互看一眼。

事到如今，他們再去怪罪是因為對方不夠小心才會東窗事發，也不過是弱弱相殘，無濟於事。突然闖進來掀了賭場的青年之一是艾利亞斯的哥哥，另一人則是雷特蘭的表哥。而在外人的認知裡，他們可都不是什麼溫柔的好人。

首先開口的是雷特蘭皇子。雷特蘭用極為顫抖，卻又不失皇室尊嚴的堅決聲音說道：

「我個人的興趣，不需要一一跟兩位報告……吧。」

砰一聲，十字弩就這麼落在桌面上。而這樣一聲巨響，也使得好不容易想起自身高貴地位的雷特蘭，與寄望著雷特蘭的艾利亞斯，都嚇得瑟縮了一下。

諾拉拎了張椅子過來坐下，興味盎然地看著桌上的下注表。一旁的好友渾身散發著令人戰慄的氣勢，彷彿立刻要把這兩個不懂事的傢伙碎屍萬段。

諾拉一手按著好友的肩，以無比冷靜，不，是以無比冷酷的語氣低聲說道：

「我看你們現在還不太明白自己面對的是什麼狀況。雷特蘭殿下，你每晚與這些貴族家的次男聚會，這樣親密的往來，一不小心就可能會被懷疑具有謀反意圖，你是真的不曉得嗎？」

「什麼謀反，才沒有那……」

「帝國已經有一位皇太子，身為二皇子的你卻召集這樣的隱密聚會，要是被皇帝知道這件事，你覺得會如何？你是真的這麼不會想嗎？還是被這個蠢蛋影響了？」

這極為冷靜、極具侮辱性又極為現實的一番話，使雷特蘭瞬間面如死灰。而被認為蠢到足以影響皇子的艾利亞斯，同樣也沉下了臉。

見兩人這才終於明白事態有多嚴重，諾拉忍不住嘆了口氣。

「現在殿下能做的選擇，就是讓皇宮知道這件事，或是被我掐死，只有這兩種選擇。」

「可、可是……」

「就請你先解釋，為何會開始這樣的聚會吧。」

比起安撫，這句話更像是威脅，但雷特蘭已經清楚明白，自己並沒有其他選擇。畢竟眼前的人可是他的表哥——紐倫伯勒公子。

先不說這傢伙粗暴到敢在皇室眾人面前獵殺老鷹，他的身分可是連身為皇子的自己都不能等閒視之。於是，在短暫的猶豫之後，不懂事的皇子終於騷著頭，緩緩開口。

「我會開始這個聚會，也不是有什麼不軌的意圖……順帶一提，他是被我拉進來的，所以……」

雷特蘭表現得像個模範聯盟領袖，試圖為自己的聯盟成員求情，讓艾利亞斯難掩感動。只不過另外兩名騎士可就不那麼感動了。傑瑞米皺起眉頭，完全不能理解雷特蘭在發什麼神經，諾拉則是不停咂舌。

「你覺得現在是適合讓你展現友情和義氣的情況嗎？」

「不、不是，我一開始只是想多交點朋友……而既然想交朋友，就得知道最近流行些什麼……」

「所以你才會跑來賭場？」

「我不是真的想賭博，只是因為好奇才去參觀了幾次……然後就被大哥，就是被我哥發現了。」

「……」

「你也知道，我跟我哥雖然感情沒有那麼好……但他說他不會把這件事告訴母后，還跟我說要賭就去安全一點的地方，然後介紹了這裡給我。所以我絕對不是在策劃什麼謀反，情況恰恰相反。」

「皇太子為何會介紹賭場給你，你絲毫沒有懷疑嗎？」

諾拉的口吻透露出他對雷特蘭的失望。雷特蘭支支吾吾，隨後才用遺憾的語氣說道：

「我知道反正我不管做什麼都不會被人重視，所以才想既然如此，就做一些能跟大哥牽上關係的事情。既然介紹我來這裡的就是大哥自己……」

「所以你相信，你這糟糕的夜間探險一旦被發現，皇太子會乖乖承認是他推你一把的嗎？姑姑跟姑丈難道真的會想都不想就相信你說的話？」

「雖、雖然不至於這樣……但該怎麼說，我會做出這個衝動的決定，應該可以說是我最後想要再試探他們。」

傑瑞米不敢置信地看著雷特蘭，諾拉的眼神同樣也在說，真不明白世上為何會有這樣的傻子。

「我不是完全不能理解，但如果是西奧博爾德殿下，肯定早就已經猜到殿下你這番顯而易見的心思了。你都沒想到這一點嗎？」

「……」

「如果最後的試探也落空了，你打算如何是好？如果連這個聯盟的其他人都被牽連，背上謀反的罪名，你打算怎麼收拾？」

「……」

「你來這裡做這種事，你覺得有誰會心疼、有誰會覺得抱歉？你是抱著這種心態，才做出這種冒險之舉嗎？你可是一國的皇子！」

表哥以冷漠至極的語氣追問，雷特蘭卻一個字也答不出來。他一雙眼眨了又眨，垂頭喪氣的模樣，實在無比落魄。

這時，原本在一旁默默聽著的傑瑞米，將矛頭對準了另一個人。

「都是因為你，舒莉哭了。」

緩緩爬起身來，默默流著淚的艾利亞斯，一聽到這句話，整張臉瞬間漲紅。雖然因為稍早那番教訓，他的臉本來就比平時紅上許多。

「那、那是……」

「光憑這點我就沒辦法饒過你了，你還把她送的十字弩拿來當賭金？你這還算是人嗎？」

「……反正這對她來說也一點都不重要啊。」

閉上嘴什麼都不說還比較好，但艾利亞斯偏偏就是學不乖，而這也不是什麼明智的選擇。咻一聲，一枚金幣飛了過來，不偏不倚打中了他的額頭。

啪噠！

力道之大，讓艾利亞斯擔心自己的頭蓋骨可能真的會裂開。

「你說的這是什麼話？」

「很痛耶！反、反正她只要有你就好了嘛！你也是啊！」

這又是在放什麼狗屁？傑瑞米滿臉荒謬地瞪著艾利亞斯。艾利亞斯終於壓抑不住情緒，邊哭邊氣憤地吼出他深藏已久的內心話。

「老實說，哥，你真的把她當成媽媽嗎？沒有嘛！你為什麼都不跟任何女生交往、為什麼一點都不想結婚，又是用什麼眼神在看著她的，這我都知道！大、大家也都在傳！

「而且要不是你，三年前她也不會用那種方式說要撤銷跟爸爸的婚姻！可是，我、我一點都不重要嘛。我也很清楚，她眼裡根本就沒有我！」

現場陷入一陣短暫的靜默。雷特蘭皇子的視線在兩兄弟之間來回，目瞪口呆，一下子無法聽懂這段對話的意思。相較之下，諾拉則板著一張讓人猜不透的臉，不帶一絲情緒地看著自己的好友。

傑瑞米愣在原地。隨後，一股源自內心深處的滾燙怒火，將他的思緒拉回了現實。剛才艾利亞斯喊出的那一番話，化成銳利的刀刃狠狠刺入他心底的某個角落，但那股疼痛卻被同時湧現的巨大憤怒所淹沒。

無論別人怎麼說，舒莉對他來說都是「母親」。三年前他下定決心要將舒莉當成母親，至今他從不曾有過任何其他的念頭。不，是他努力不去讓自己有其他的念頭……

為了守住他的未來，傑瑞米深知她本來打算犧牲什麼。因此為了報答這份純粹的愛，他知道自己必須懷抱同樣純粹的心意才對。

只是這個愚蠢的弟弟，竟隨意闖入了他心中的禁區。

「在你眼裡，就只有看到這些嗎？」

「我、我……」

「我一直都知道你是我們之中最蠢的，只是我沒想到，你會蠢到去聽信那些想盡辦法攻擊我們的人，隨著他們起舞。她小小年紀就嫁到我們家，幾乎可以說是被賣來的，你曾經想過她是以怎樣的心情撐到現在嗎？你真的不知道這件事情，根本不容你這樣任意拿出來胡言亂語嗎？」

「……」

「你腦子真的很有問題。你到底都在想什麼？居然有這種妄想？你就一個人在那胡思亂想、一個人生氣，又拿舒莉這個好到我們根本不配擁有的媽媽出氣？你為什麼不乾脆來找我計較？為什麼？」

傑瑞米的聲音含在嘴裡，斷斷續續卻散發著駭人的寒氣，與他燃著熊熊怒火的深綠眼瞳形成強烈對比。

來自四面八方，令人無比膽寒的殺氣，使艾利亞斯忍不住打起嗝來。他很想為自己辯解，解釋他並不是這個意思。但從自己的發言來看，他實在百口莫辯，因此只能選擇默不作聲。

艾利亞斯本來以為自己沒做錯什麼，現在卻覺得自己真是犯了不可饒恕的滔天大罪。

「我、可是我……」

「好了，加上這件事，你已經越線三次了。賭博一次、想把媽媽送的禮物拿去賭是一次，去聽別人侮辱媽媽的話也是一次。」

「……嗚嗚、嗚。」

「給我一個理由，說服我高抬貴手，別把你教訓得十天半個月都無法出門見人。」

「……」

這次艾利亞斯是真的求助無門，只能向雷特蘭投以迫切的求救眼神。

只不過，雷特蘭也沒有多餘的力氣能夠出手相助。別說是協助了，他事實上也與艾利亞斯同病相憐，只能畏畏縮縮地看著那令人生畏的表哥。

建國紀念慶典最後兩天，劍術大賽登場。第一天是預賽和複賽，第二天則是準決賽與冠軍戰。

凡是參加過成年儀式，年紀在十六歲以上、二十九歲以下的劍士都能夠參加劍術大賽，規模之大，絕對是名符其實的慶典壓軸。

就在劍術大賽第一天早上，不，應該說是當天清晨……

「孩子們……？」

我一如既往早早醒來，本來想泡杯咖啡，沒想到我們家最忠誠的管家羅伯特，帶著不尋常的神情來到我面前。

不知發生了什麼事，我趕緊來到一樓，卻意外在與接待室相連的大廳裡，看見癱倒在絨布沙發上，與好友一起睡得不省人事的傑瑞米。真是不明白，為何這兩個傢伙會睡在這？

據仍一臉驚魂未定的家族騎士所說，他們在深夜看見晚上偷溜出去的艾利亞斯回來，但沒看見這兩人進門。嗯哼，是這樣嗎？

總之，距離比賽開始還有段時間，再讓他們睡一下似乎也無妨。這麼重要的日子，真不知道他們前一晚還偷溜出去做什麼？男孩子就是這樣！

好歹是回到自己家，傑瑞米抱著抱枕睡得十分安穩，但一手垂到地面的諾拉，看起來似乎睡得不是那麼平靜。

這樣枕著扶手睡覺，晚點醒來脖子應該會很痛。況且今天是非常重要的日子，要是發生落枕這種意外，那可就麻煩了。於是我拿起另一顆抱枕，小心翼翼地走到他身旁。

看著他們這個樣子，不知為何有種他們雖然個子是長高了，實際上卻一點也沒變的感覺。

「啊！」

……訂正一下，不是他們沒變，應該是我完全沒變才對。每天早上起床後到喝咖啡之前，我始終無法打起精神，也因此經常心不在焉，發生踩到長袍而跌倒的狀況。

今天也不例外。身體失去重心往前倒，讓我反射性閉上眼睛，接著我感覺臉撞上什麼硬邦邦的東西，便輕輕睜開了眼。

怦怦，心臟跳動的聲音清楚傳入我耳裡。不知為何，我的整張臉竟埋進諾拉的胸膛。我瞬間愣在原地，而在睡夢之中被襲擊的某人，則發出類似嘆息的夢囈，將原本垂落在沙發之外的手收回來放在胸膛上。

說得更準確些，是將手環住我的肩膀。

……要是讓人看到我現在的樣子，真不知道他們做何感想。怦怦怦的瘋狂心跳聲，我一時間竟然分不清究竟來自何處。這對我來說簡直是前所未有的危機，滿腦子想的都只有該如何脫身才好。

如果大力掙脫諾拉的手，他可能會立刻醒來。那要是他看到我這副模樣，產生什麼奇怪的誤會該怎麼辦？不，如果是諾拉，應該不會誤會我是那種人……可是誰曉得呢？該怎麼辦才好？

話說回來，這傢伙的胸膛竟這麼寬大，真讓我意外。我要取消那句說他跟小時候一樣的話。他的肩膀也變得很……咳咳，我到底在想什麼！

「唔……」

就在我一個人陷入進退兩難，不知該如何是好的境地時，躺在沙發另一頭，抱著抱枕沉睡的傑瑞米翻了個身。就在他睜眼的同時，我立刻站起身來，諾拉當然也跟著醒了過來。

只見兩雙仍帶著睏意的眼睛，呆愣地看了看四周，隨後便趕緊起身，一邊整理頭髮一邊對我說：

「早啊，舒莉。」

「早安，姐姐。妳今天的表情感覺好陌生喔。」

幸好稍早我的醜態沒人發現，這應該會成為我永遠的祕密。面對他們兩人泰然自若的問候，我自然也是以十分輕鬆的態度回應。

「兩位貴族少爺，你們為什麼要睡在這裡呢？」

「啊，本來是想回房間睡的，但可能是中途太累，就倒在這裡了吧。」

傑瑞米搔著一頭金色亂髮回答，還大大打了個哈欠。哎呀，簡直就是在曬日光浴的獅子嘛。

「如果還想再睡，就上樓去睡吧，現在還有一點時間。」

「比起睡覺，我更想吃東西，我好像快餓死了。」

「我也是，真不知道有多久沒餓成這樣了。」

不知道這兩人昨晚究竟跑去做了什麼，竟餓成這樣？看他們宛如餓了四天的小狗，睜著一雙水汪汪的眼睛盯著我，我實在是說不出拒絕的話。這兩個傢伙也真是的！

「先去梳洗一下吧！」

咳咳，我果然是太心軟了。

等這對好友兼宿敵恢復一臉清爽，頂著濕漉漉的頭髮再次出現時，其他的孩子也起床了。見諾拉一早就出現在我們家，雙胞胎雖然有些驚訝，卻也沒有多問什麼。

而仔細一看才發現，諾拉在的時候，萊昂跟瑞秋似乎也比平時要更加穩重……不，與其說他們是刻意裝出穩重的樣子，更該說他們是花費更多注意力在觀察諾拉。真不知道諾拉究竟有哪裡讓他們這麼好奇？

「大哥，那你跟諾拉哥哥誰會贏得冠軍啊？是諾拉哥哥嗎？」

「你真是讓我傷心啊，我可愛的弟弟。當然是我贏啊！這隻雜種狗根本不是我的對手。」

「這是我要說的話。你別到時候輸掉就唉唉叫，討人厭的病貓。」

「媽媽，他跟大哥一樣厲害嗎？」

「不知道耶，但我想謙虛一點應該還是比較有利吧？」

我微笑著對瑞秋說完，傑瑞米立刻擺出謙虛的表情，伸手一把扯下烤豬的後腿，粗魯的動作絲毫不將禮節放在眼裡。而他手上的那隻豬腿，立刻被表情同樣謙虛的諾拉搶了過去。

哎呀，這兩個傢伙！簡直是被餓死鬼附身嘛！

「對了，艾利亞斯還在睡嗎？」

都到吃早餐的時間了，這個令人頭疼的二兒子竟然還沒有出現，讓我擔心地問了一句。正在為鬆餅淋上糖漿的萊昂，突然大力搖了搖頭。

「沒有吧？媽媽，二哥好像是生病了。」

「生病了？他哪裡不舒服？」

「不知道，總之我剛剛去看他，發現他躺在床上好像要死掉了。」

「我看他應該是又跟哪個貴族小姐度過了火熱的夜晚吧。真不知道二哥到底是像誰，怎麼會變成這樣？」

瑞秋無奈地搖了搖頭。這一番發言令我差點嗆到，也讓在座其他三個男孩子都不顧嘴裡的食物，哈哈笑了起來。

說人人到。就在這時，我們話題的中心，我們家的老二終於走進了餐廳。

「早安，快來坐。」

我努力不去想前幾天的衝突，盡可能以最開朗的語氣迎接艾利亞斯。只見他不知為何有些遲疑，畏畏縮縮地站在原地。接著才含糊回應：

「……喔，早安。」

這又是怎麼回事？這傢伙不是那種跟我吵了架之後，會鬧彆扭鬧這麼多天的人呀。難道是昨晚又跑去那該死的賭場，輸掉一大筆錢了嗎？不，如果真是這樣，他反而會更努力裝出若無其事的樣子……

我瞇起眼睛盯著他，艾利亞斯則尷尬地走到桌邊，用一副小心翼翼、害怕與任何人接觸的態度，躡手躡腳坐了下來。

不光如此，就連看到坐在傑瑞米對面，與大家一起和樂融融吃著早餐的諾拉，他也沒有任何反應。這一點也不像他。

看見他這麼可疑的舉動，我跟雙胞胎都感到十分不解。

「你哪裡不舒服嗎？」

面對我小心翼翼的詢問，艾利亞斯只是搖了搖頭。

確實，看他這樣，也不像發燒或生病了。不知是不是因為沒睡飽，他的雙眼布滿血絲，但除了看起來有些憔悴之外，整張臉還算正常。只是，不知是哪裡不太對勁……

傑瑞米原本正大口咬著新鮮出爐的麵包，突然在這時咳了兩聲。面對弟弟的可疑之處，他反常地視而不見，只是用極其失望的語氣開口說道：

「你怎麼一大早就哭喪著臉？真是倒胃口，還有客人在耶。」

「我也不期待你弟弟會把我當客人啦。這說不定是他用來跟我較勁的新手段。」

兩人的食欲看起來一點都沒有受到影響，依然大口吃著眼前的食物。

聽到對方一搭一唱地挖苦自己，艾利亞斯卻不像平常那樣氣得跳腳，反倒是更加畏縮，並慢慢轉過頭來看著我。

我也越來越疑惑，真是奇怪，他到底是哪裡不舒服？

「艾利亞斯？你怎麼了？是不是哪裡不舒服？」

「什麼啊？二哥，難道是你昨晚又被誰甩了？」

對於瑞秋這番挖苦，艾利亞斯也沒有反應。他只是垂下那雙布滿血絲的綠眼，支支吾吾說道：

「……沒有啦，我真的沒事，只是做了惡夢而已。」

如果真的只是這樣，那倒是值得慶幸。可是他一反常態的模樣，實在令人感到無比可疑。

總之，我認為似乎不適合追問下去，便沒有再多說什麼，而是選擇繼續用餐。哎呀，不管了，現在就什麼都先別想吧。先別去想。

「我會讓妳聽到我勝利的咆哮！等等見，舒莉，要祈禱我勝利喔。」

「才不會是勝利的咆哮，應該是失敗的慘叫！感謝招待，姐姐，希望妳能幫我喝采。」

明天就會手牽手前進決賽的兩個傢伙，先後用活力十足的聲音叮囑我，並在我的臉頰上輕輕留下一吻，這才出發前往會場。送兩人離開後，我才準備回房為出門觀賽梳妝打扮。反正今天預賽及複賽的結果我都知道了……

劍術大賽的參加人數非常多，因此在預賽時會有大量參賽者遭到淘汰。進入複賽之後，淘汰的人數是不減反增。能夠進入準決賽的人，大多都是相當有前途的騎士，或是來自外國的知名鬥士。而若能夠贏得準決賽進入冠軍戰，無論最終有沒有獲得優勝，未來的騎士之路都注定無比順遂。

在這樣的決賽上打得難分難捨，自然會讓世人議論紛紛。上次是如此，想必這次也是一樣。

應該不會生變吧？由於這些年的發展與我記得的過去相差太多，連這點小事我都不敢有十成的把握。唯一能確定的是，無論獎盃的主人是傑瑞米還是諾拉，我都會打從心底為他們開心。啊，一個是我帥氣的大兒子，另一個則是……

「那個，舒莉。」

嚇我一跳。就在我正要走進房間時，艾利亞斯突然來到我身邊，小心翼翼地叫住我。雖然還有些不懂事，且距離成年儀式還有段時間，他的外貌卻已經是個成熟的青年。只見他眼睛盯著地面，一副扭扭捏捏的模樣，一點都不像平時的他。

「艾利亞斯，你需要什麼嗎？」

「沒有啦，不是那樣……我是有話想跟妳說。」

他的聲音畏畏縮縮，實在讓我感到陌生。平時的自信都到哪去了？他那垂下的肩膀，我看了都覺得心疼。於是我點了點頭，帶他走進房間。

「說吧，怎麼了？你真的生病了嗎？」

雖然我示意他坐下，艾利亞斯卻依然站著。他不知在煩惱些什麼，只是呆站在原地，一雙滿布血絲的眼骨碌碌地轉個不停。自窗戶透進室內的明亮陽光，照在他那如馬尾般的紅色髮尾上。

「那個……舒莉。」

「嗯？」

「就是，那個……我、我想說……」

究竟是為了什麼，讓他這樣支支吾吾說不出話來？難道他昨晚是遭人毒打了嗎？

「……對不起，我錯了。」

那一瞬間，我有多麼懷疑自己的耳朵，自然是不必多說。我簡直像化成一座冰雕般凍結在原地。艾利亞斯偷看我的表情，深吸一口氣繼續說道：

「就是我跟妳說的那些話……我知道那些話都很蠢。我不是真心的。就……只是因為哥哥比我優秀，好像也跟妳比較聊得來，所以我就不知不覺，嗯，有點嫉妒。」

「……」

「還有，我原本真的只是覺得有趣，所以才想說去玩一下，完全沒想到會陷得那麼深……總之，我們都發誓說不會再去碰賭博了。而且那間賭場的老闆好像也連夜逃跑了……」

「連夜逃跑？我哥哥嗎？」

事態變化得太快，我還有些摸不著頭緒，也感到難以置信，因此下意識脫口說出「我哥哥」幾個字。只見艾利亞斯用力點了點頭。

「嗯，詳細情況我也不太清楚，不過好像是跟樹葉銀行有什麼關係。總之，那個地方已經消失了，我們其實也都很怕繼續去做那種事……」

如果他不是接受誰的贊助，而是向惡名昭彰的高利貸業者樹葉銀行借錢來辦賭場，那還真的很像我那蠢哥哥會做的事。

不過，這一切難道真的只是偶然？真的就像諾拉說的一樣？

連二皇子和我們家艾利亞斯都被捲入其中的賭場老闆不是別人，恰好就是我哥哥。若這真的只是巧合，那還真是令人驚嘆。

不過，在人生遭遇的眾多巧合之中，會如此令人毛骨悚然的巧合究竟有多少？為何我會無法完全信服這種說法？彷彿是經過精心編排一樣……

「總之，對不起，讓妳擔心了。還有讓妳難過的事……反正，唉，這講起來很丟臉，我就是想試探妳一下而已啦。」

「試探？」

「就……想試試看如果我闖了什麼禍，妳是不是還會願意接納我……」

哎呀，這傻小子！我究竟該怎麼回應他這番話才好？看我一臉不敢置信且啞口無言，他趕緊接著說：

「我知道妳對我很失望！只是現在回頭想想，我覺得就是因為這樣所以我才會……老實說，我不像哥哥那樣可以讓妳依靠，也已經不像雙胞胎那樣可以逗妳開心……」

「你像萊昂那麼大的時候，也一點都沒有逗我開心好嗎？」

「……」

艾利亞斯整張臉瞬間紅透了，不知該說些什麼，只能愣愣地眨著眼。我微笑著說道：

「艾利亞斯，我並不期待你像哥哥或像雙胞胎那樣，因為你也有你自己的優點呀。」

「……妳真的這樣想嗎？」

「當然。有誰能像你這樣，讓我擔心得七上八下的？我到現在都還記得，你為了摘花送我而半夜跑出去的事情。」

艾利亞斯呆望著我，隨後又有些自嘲地笑了起來，我也同樣笑出聲來。

「總之，只要你能夠永遠不再碰賭博，我就別無所求了。」

「我以後連想都不會想，連作夢都不會去夢到。」

嗯，連想都不想、連作夢都別夢到這句話，好像在哪聽過。是誰說過的話呢……？

「那就太好了。不過，你和皇子殿下是什麼時候變得這麼親近的？你們是真的打定主意要結盟嗎？」

在過去，艾利亞斯會在今年對二皇子揮拳相向，可現在兩人卻組成了同盟(?)。而原本是宿敵的傑瑞米及諾拉，則似乎成了無話不談的摯友。

「我們沒有組織什麼聯盟……就只是不知怎麼地意外湊在一起了。我們年紀相仿，處境也相近……」

「處境相近？」

「都有個討人厭的哥哥啊。」

艾利亞斯開玩笑似地說完，還不忘補上微笑。那個惹人厭的笑容，終於有點平時的樣子了。於是，我接著問下一個問題：

「所以昨晚真的發生了什麼嗎？」

「……」

從他提起樹葉銀行時，我便有所警覺，即便整件事看似天衣無縫，卻有種種可疑之處。不過說來說去，艾利亞斯確實不知道我哥哥究竟是在誰的協助之下經營賭場，也不知道現在我哥哥究竟怎麼了。

不過，綜合各種情況來看，我想這件事應該與皇太子有關。畢竟聽艾利亞斯說，介紹那間賭場給二皇子的人就是皇太子。

知道正確答案的傢伙，想必只有他們兩人。也就是在劍術大賽前夜闖進我哥哥的賭場大鬧了一番的兩個傢伙。

聽艾利亞斯大致說明昨晚的來龍去脈之後，我無力地笑了。先不說諾拉把艾利亞斯的新嗜好告訴傑瑞米的事，我真的很好奇，他們兩個究竟在想什麼？

而且為何他們連艾利亞斯的嘴都要管得這麼緊，只為了不讓我知道這件事？不過我隨即也想到，我不也要求諾拉向傑瑞米保密，暫時別告訴他關於艾利亞斯這個小嗜好的事嗎？可惡，想來想去，覺得我們實在是半斤八兩。

「總、總之，妳不可以跟哥哥說我告訴妳這件事了，不然我真的會死，這次是真的會死。」

「你怎麼會死？少騙人了！你看起來還好好呀。」

「才沒有！我一點也不好！只有臉看起來還好而已！」

艾利亞斯拚命哀求的樣子，實在是可憐到了極點。雖然這傢伙被傑瑞米痛打也不是什麼稀奇事，但昨晚的遭遇似乎在他心中留下了陰影。我問他究竟發生了什麼，他卻像是回想起惡夢一樣，用整個世界就要毀滅的絕望眼神看著我，說他接下來一整個星期，可能都無法好好坐在椅子上了。哎呀。

總之，有別於艾利亞斯的擔憂，我並不打算去找他們兩人計較這件事。畢竟他們就是為了不讓我費心，才會用這種方式悄悄把這件事處理掉，這我自然是再清楚不過。

……老實說，無論是傑瑞米還是諾拉，兩人都令我有些感動。尤其是諾拉的付出。

有別於傑瑞米，諾拉跟艾利亞斯不是兄弟（其實站在諾拉的立場，艾利亞斯就是個討人厭的傢伙），而且艾利亞斯涉入賭博聚會的問題，他甚至還能利用這個機會打壓皇室和其他家族的勢力。即便如此，他依然願意做這種吃力不討好的事情。

仔細想想，我好像一直在給諾拉添麻煩。從第一次見面到現在，一直都是。相較於他，我卻……

我將諾拉帶來的素描本拿在手裡，短暫陷入沉思。西奧博爾德跟我哥哥之間，究竟有什麼關聯？萬一贊助我哥哥的人真的是西奧博爾德，那他這麼做究竟是希望能得到什麼回報？

我實在想不明白。許多種可能性在我腦海中上演，萬一事情沒有處理好，確實會讓他得到打壓貴族派勢力的大好機會。但不知為何，我總覺得這並非他真正的目的。

事到如今，西奧博爾德在我心目中的形象，已經徹底和過去不同。他讓我看見的模樣，以及諾拉所透露的那些故事，再加上這次的事情，綜合所有情況來看，我並不認為他是個單純或正直的人。

傑瑞米與諾拉、艾利亞斯及雷特蘭，這些本來應該是仇敵的人，如今卻變得交情深厚。反倒是本來應該在傑瑞米身旁的西奧博爾德，落得形單影隻的下場。

……為何他總要做這種不利己的事呢？

總之，我把西奧博爾德送給我作為生日禮物的鑽石項鍊，原封不動地鎖在書房抽屜裡。我得盡快找個機會，把那份禮物平安退還回去才行。

多瑙河自大理石和花崗岩建造而成的堅固石橋下流過，河面波光粼粼，還有不少魚兒不時躍出水面。

記得曾聽人說過，日落時分的多瑙河最為美麗。對方說得沒錯。在夕陽餘暉映照之下美景，實在讓人想不到，妓院與鴉片館竟會不時將屍體拋入河中。曾有一位吟遊詩人描述，若要細數漂浮在多瑙河上的屍體，那可是唱完一整首歌都數不盡。也因此兩人昨晚丟入河裡的那具屍體，自然也被當成眾多的魚飼料之一，無人聞問。

即使留那傢伙活口，也沒有任何利用價值。他無法作為指證皇太子的工具，若留他一命，日後反而會招致無窮後患。

傑瑞米也不會因為對方主張是自己的舅舅，就一時心軟饒他一命。對傑瑞米來說，親戚這種東西還不如沒有。更何況，他與眼前這名男子也不是真的有血緣關係。留這種人渣一命，反倒會讓舒莉徒增痛苦。

反覆思量的同時，傑瑞米也朝身旁的好友瞥了一眼。稍早複賽結束之後，他們像是事先約好般，一起回到這個地方，看來兩人似乎都在想著同一件事……

「她還是有那什麼夢遊之類的症狀嗎？」

「對，狀況應該會有好轉才對，可是她的症狀依然很嚴重，我實在很擔心。」
「你弟弟現在終於清醒一點了，這會不會讓狀況改善？」
「如果那傢伙就是造成夢遊症的原因，那我會再多打他幾下。」
「那還真是可惜。話說回來，你那蠢弟弟講的話似乎也不是完全沒有道理。」
諾拉雙手掛在欄杆上，用略為苦澀的眼神望著河水。聞言，傑瑞米不自覺皺起眉頭。
「什麼意思？」
「舒莉姐和你的事。」
傑瑞米不敢置信地看著好友，忍不住懷疑對方是不是吃了什麼不該吃的藥，才會神智不清說出這種話。他知道，有些人在比賽之前會偷偷用藥，以求能有更好的表現，該不會諾拉……？
但緩緩轉頭望向自己的諾拉，一雙湛藍眼眸無比清醒且銳利，甚至令他感到有些刺痛，實在不像是用了什麼禁藥的樣子。
「肯定是有人刻意暗地散播這種謠言……」
「不曉得到底是哪來的瘋子敢散播這種虛假的謠言，但要是被我抓到，我絕對立刻掰斷他的腿。」

「我是很贊同你這樣做啦，但我好奇的不是這個。」

「什麼意思？」

「你弟弟昨天亂喊一通的那些話，真的只是胡說八道嗎？」

這出乎意料的提問，讓傑瑞米一時間愣在原地，無法立刻給出答案。他驚訝萬分，張著嘴一個字也說不出來。

「這是……」

「我一直很想好好問清楚。」

換成是其他人，肯定早就被傑瑞米丟進河裡，加入眾多魚飼料的行列。但此刻，對方意外的問題卻讓他不知該作何反應，甚至啞口無言。彷彿是誰趁著他不注意的空檔，狠狠給了他一擊。他的反應就像是被看穿了心思的心虛之人……

「老實說，哥，你真的把她當成媽媽嗎？沒有嘛！你為什麼都不跟任何女生交往、為什麼一點都不想結婚，又是用什麼眼神在看著她的，這我都知道！大、大家都在傳！而且要不是你，三年前她也不會用那種方式說要撤銷跟爸的婚姻！可是，我、我一點都不重要嘛。我也很清楚，她眼裡根本就沒有我！」

艾利亞斯吼出的那一番話，讓傑瑞米那張總是自信滿滿的臉蒙上了一層陰影。偶爾在他心中閃現的疑問，逐漸發展成恐懼。

「你也……一直是這樣想的嗎？你相信那些……」

「我怎麼想的不重要，重要的是你怎麼想。姐姐對你們的心意，我是一點都不懷疑，我好奇的是你的想法。」

「媽的，你真的瘋了嗎?!你問我這種問題，到底是想聽到什麼回答?!」

「因為你是我朋友。」

諾拉簡短回答完，雙手抱胸轉過來面對傑瑞米。傑瑞米本來打算伸手揪住好友的衣領，此刻那雙手卻停在半空中。

「什……」

「而我以後的行動，會隨著朋友的想法改變。」

兩人陷入一陣沉默。傑瑞米眨著眼，試圖理解諾拉這番話究竟是什麼意思。相較之下，諾拉的眼神則無比冷靜。

一陣令人如履薄冰的沉默過去，傑瑞米終於開口說道：

「你在放什麼狗屁啊？」

聽在諾拉耳裡，這是個極為愚蠢的提問，也讓他的目光充滿了失望。見狀，傑瑞米不禁有些自責，這也讓他感到十分不快。

「你把話講清楚一點是會死嗎？」

「需要搞清楚的人是你吧，你這隻遲鈍的蠢貓！怕別人不知道你跟艾利亞斯那個蠢蛋是兄弟嗎？你們真的是……」

「喂，你幹嘛突然做這種人身攻擊?!」

「我一直以來都是這樣，只要是為了姐姐好，我什麼事情都願意做，但要是你成了一個我沒預料到的變數，那就真的會讓人很頭痛了。」

兩人之間再度陷入沉默，這次還摻雜了些許的驚訝。諾拉完全沒有使用到「迷戀」或「愛慕」這樣淺顯易懂的字眼，但從結果來看，他說的話其實差不多就是這個意思，傑瑞米聽起來也是這樣。

「你……你是說我……」

「對姐姐來說，你或許是她的家人，但我不是。我沒辦法任由你把姐姐拖進萬劫不復的深淵，所以我們現在就要把話說清楚。」

這時，傑瑞米意識到自己的心思被徹底看穿。他咬緊牙關，不自覺發出微弱的呻吟。這都是那個愚蠢的弟弟害的。要不是他弟弟拿那些亂七八糟的謠言來影響他的心，他肯定不會……

肯定不會這樣大受動搖。

他已經決定要把舒莉當成家人、當成母親。全天下的女人這麼多，偏偏父親就選擇了她來當自己的繼母，這並非他能決定的事，更不是他願意的結果。

即便如此，命運仍然在他們之間豎起一道永遠不會崩塌的高牆。一旦這道牆崩塌，他們雙方都全都會被埋葬。可是，即便如此……

為何他一句話也說不出來？為何他無法理直氣壯地要諾拉別亂說話？

三番兩次欲言又止，最後，那幾句話有如一把銳利的刀，劃破了他的喉嚨才終於說出口。他強忍著那股刺痛，好不容易擠出聲音來。萬一，萬一……

「萬一……我和她都有同樣的想法，那你要怎麼辦？」

傑瑞米的聲音無比沙啞，幾乎讓人無法辨認。

諾拉挑起了一雙濃眉，低聲回應：

「你會需要護衛獅子窩的警犬嗎？如果姐姐真的這麼希望，我願意接下這個責任。」

「……」

「但如果她不是這麼想，情況應該就會剛好相反了。」

沉默，兩人之間再度陷入沉默。

劍術大賽第一天的晚上，映照著粉色夕陽的多瑙河石橋上，兩名青年就這麼沉默不語，靜靜地看著彼此。他們宛如找不到路回家的孩子、宛如正等著誰來迎接的徬徨少年。

率先開口的是黑髮青年。他先是緊閉上那雙彷彿掀起滔天巨浪的藍眼，再度睜眼看向好友時，已經換上了輕鬆爽朗的態度，好似方才的對話根本不曾發生過。

「好，那就明天決賽見了。」

傑瑞米一句話也沒說。他只能愣在原地，看著好友以輕快的態度若無其事地向他道別，而後轉身離去。

——《某個繼母的童話02》完

SU026

某個繼母的童話 02

어떤 계모님의 메르헨

作　　者	냥이와 향신료(Spice&Kitty)
封面設計	elekitel.works
封面繪者	茶渋たむ
責任編輯	林雨欣

發　　行	深空出版
出 版 者	星巡文化有限公司
地　　址	臺北市中正區重慶南路一段 57號 7樓之 5
法律顧問	泓準法律事務所 孫瀅晴律師
電　　話	(02)7709-6893
傳　　真	(02)7736-2136
電子信箱	service@starwatcher.com.tw
官網網址	www.starwatcher.com.tw
初版日期	2025年 2月

總 經 銷	聯合發行股份有限公司
地　　址	新北市新店區寶橋路 235巷 6弄 6號 2樓
電　　話	(02)2917-8022

國家圖書館出版品預行編目(CIP)資料

某個繼母的童話 / 냥이와 향신료 (Spice&Kitty)
著. -- 初版. -- 臺北市：
星巡文化有限公司出版：深空出版發行, 2025.02
冊；　公分
ISBN 978-626-74124-8-0(第 2 冊：平裝). --
862.57　　113018624